Anne Bernard Lenoir

À la recherche du *Lucy-Jane*

Collection **ATOUT**

Anne Bernard Lenoir vit au Québec depuis 1989. Diplômée en géographie, elle travaille comme contractuelle dans le domaine de la recherche urbaine et culturelle. Toute jeune déjà, elle compose des poèmes et en publie quelques-uns dans le journal de sa ville natale. Dès lors, elle ne cessera jamais d'écrire. À vingt ans, elle parcourt le Canada seule et s'y découvre de réelles racines. Depuis, sa passion pour les voyages lui a fait parcourir des kilomètres de routes et de sentiers au Québec et dans les Maritimes. Sa création s'inspire de son amour de la nature, de l'aventure, de l'histoire et des sciences. À la recherche du Lucy-Jane est son premier roman.

CARTES

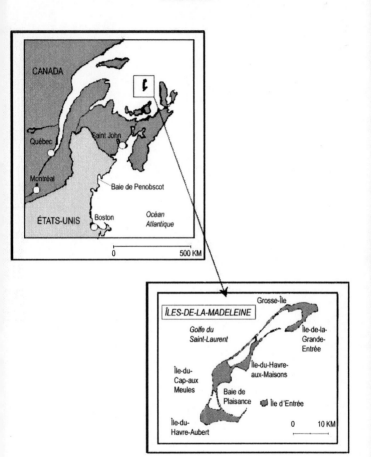

1

L'ANSE AUX SIRÈNES

Le voilier de Laura filait à vive allure sur les eaux vertes de la baie de Plaisance.

Quel délice de naviguer entre les îles sous le soleil du mois d'août!

La jeune Québécoise avait décidé de profiter des vents pour voguer plus au sud, vers le golfe connu des vieux marins sous le nom de l'Anse aux Sirènes.

Ce seul nom évoquait bien des mystères. C'était dans ce lieu, disait-on, qu'avait fait naufrage un superbe navire du dix-septième siècle, le *Lucy-Jane*, dont le capitaine, un certain Charles O'Fox, possédait un trésor. La légende, transmise de génération en génération dans l'archipel, suggérait que ce navigateur anglais aurait transporté un somptueux bijou. Certains parlaient même d'un cœur en or pur datant de la Renaissance italienne, un chef-d'œuvre de joaillerie d'une fascinante beauté…

Toutefois, on n'avait jamais retrouvé aucune trace de son navire.

Pour Laura, qui venait de fêter ses vingt ans, cette histoire de trésor suffisait à éveiller la curiosité et le goût de l'aventure!

Engagée pour l'été comme monitrice de voile au centre nautique, elle avait donné la veille son tout dernier cours aux enfants venus en stage aux Îles-de-la-Madeleine.

Depuis sa descente de l'avion trois semaines auparavant et son installation dans le chalet rustique qui lui était réservé, cette grande fille au doux sourire n'avait pas eu une seule journée de congé! Les réunions d'information et de formation avec les autres moniteurs de voile, les cours théoriques et pratiques dispensés aux enfants, l'organisation des régates et des autres activités sportives du centre ainsi que ses responsabilités de surveillance et de sécurité nautiques ne lui avaient pas laissé le temps de visiter l'archipel.

Cet après-midi marquait donc la fin de son rôle de monitrice et le début de vraies vacances. Laura n'avait pas hésité une seule minute : son premier jour libre, elle le consacrerait à l'exploration de cette baie mystérieuse, l'Anse aux Sirènes. Par chance, son ami Arthur, le gentil directeur de l'école de voile, avait mis à sa disposition une vieille jeep ainsi que ce petit dériveur.

Au sud de l'Île-du-Havre-Aubert, la houle était plus forte et le vent s'intensifiait. C'était le moment de changer de bord. Laura vira en prenant garde de baisser la tête au passage de la bôme.

Rayonnante dans son gilet de sauvetage rouge, elle naviguait avec élégance et doigté en direction de l'anse, en bordant soigneusement la grand-voile et le foc.

La navigation sous le vent n'avait pas de secret pour cette ravissante brune aux grands yeux verts. Dans la ville de Québec où elle demeurait avec ses parents, elle pratiquait souvent des activités nautiques durant l'été, que ce soit sur le fleuve ou sur les lacs de la région. Naviguer sur le Saint-Laurent avait d'ailleurs été la meilleure des écoles de voile ! La complexité des courants et des fonds marins, la marée, les conditions météorologiques changeantes et le croisement des gros navires empruntant la voie maritime en faisaient un environnement de pratique de la voile difficile à maîtriser. Laura y avait acquis les réflexes d'un vrai marin !

Ce jour-là, par ce bon vent soufflant du sud-ouest, le petit bateau se comportait admirablement bien. Fendant le mouvement de la houle et les vagues couronnées d'écume, la coque blanche sillonnait la mer avec allégresse.

On apercevait, posées sur le rivage, les maisonnettes colorées si typiques des Îles-de-la-Madeleine. Sur la droite, des buttes aux formes arrondies enserraient avec douceur un port de pêche. Sur la gauche, des vallons verdoyants plongeaient vers l'océan.

Situé au cœur du golfe du Saint-Laurent, l'archipel des Îles-de-la-Madeleine offrait un paysage harmonieux et lumineux qui avait enchanté Laura dès son arrivée. Les six îles principales — Havre-Aubert, Île d'Entrée,

Cap-aux-Meules, Havre-aux-Maisons, Grosse-Île et Grande-Entrée — étaient reliées entre elles par d'étroites dunes de sable, formant un arc long de soixante-cinq kilomètres et posé sur la mer avec grâce. C'était la première fois qu'elle foulait le sol sablonneux de ces îles situées à plus de mille kilomètres de chez elle.

Elle se souvenait d'avoir pensé à la violence des vents en distinguant la crête des vagues à travers la buée du hublot de l'avion. Avant de partir, son père lui avait d'ailleurs rappelé de se méfier des tempêtes. Ce n'était pas un hasard si, bien longtemps avant le passage de Jacques Cartier en 1534, lors de leur visite des îles à la recherche de poissons, de phoques et de vaches marines, les Indiens Micmacs avaient nommé cet archipel Menagoesenog, signifiant dans leur langue *îles balayées par les vagues*.

Mais cet après-midi-là, nul danger de tempête, et la jeune navigatrice humait avec délice l'odeur de la mer et du vent salé.

À sa demande, le directeur de l'école de voile lui avait indiqué la localisation de l'anse. Elle savait donc qu'il lui restait moins d'un mille nautique à parcourir.

— Tu dois passer au large du phare de l'Anse à la Cabane puis virer au Gros-Cap, avait précisé Arthur. Juste avant d'arriver au Rocher de la Vache Marine, il y a une falaise et une minuscule crique ; c'est l'Anse aux Sirènes.

Laura vira au large du cap puis longea la côte. Elle reconnaissait maintenant les lieux décrits par son ami.

« Nous y voici ! » se dit-elle au comble de l'excitation en découvrant la charmante petite anse bordée de falaises rouges.

Décidée à y faire halte, Laura s'approcha du rivage et mit son voilier face au vent pour l'immobiliser. Puis elle remonta la dérive et le gouvernail avant d'aborder la plage.

Débarquée de son bateau, elle hissa celui-ci sur le sable blond et affala la voile qui faseyait au vent. Enfin, elle enleva son gilet de sauvetage afin de profiter du soleil.

L'esprit ailleurs, Laura but une gorgée de sa bouteille d'eau encore fraîche et mangea les biscuits aux pacanes emportés en guise de casse-croûte.

Sa balade en voilier, les embruns et le vent l'avaient presque enivrée. Sans compter le mystère de cette baie qui piquait son imagination...

Ce littoral superbe et découpé était chargé d'histoires de naufrages. Au cours des siècles passés, de nombreux navires tracèrent leur route ici. Et plusieurs d'entre eux disparurent... On disait d'ailleurs qu'il s'était produit plus de quatre cents naufrages près des îles ! Plusieurs naufragés étaient demeurés parmi les Madelinots et de nombreuses légendes datant de l'époque où l'isolement des insulaires était total circulaient encore aujourd'hui.

Laura se remémorait celle du trésor du *Lucy-Jane*... N'était-ce pas ici même, disait-on, qu'avait sombré ce splendide vaisseau parti de Boston en 1690 pour attaquer Québec ? Le corps de son capitaine, Charles O'Fox, disparut-il ici, enseveli sous le sable de cette anse, près d'un fabuleux trésor ? Et cette histoire de bijou somptueux de la Renaissance italienne, était-elle véridique ?

Laura déplorait l'absence de ses trois meilleures amies restées à Québec pour des emplois d'été. Cathy, Line et Audrey auraient certainement adoré être avec elle, au bord de la mer, dans ce lieu fascinant !

Laura fut distraite de ses pensées par l'ardeur du soleil qui lui brûlait la peau. Elle s'appliqua abondamment de la crème sur le corps, ôta son chapeau d'été et décida d'aller se baigner.

On lui avait affirmé qu'en cette saison, l'eau qui bordait les îles pouvait atteindre une température de vingt degrés Celsius. C'était probablement le cas dans les lagunes de l'archipel et non dans la mer, car chaque fois qu'elle s'y était plongée, l'eau s'était révélée presque aussi froide que celle des rivières des montagnes !

Très bonne nageuse, Laura traversa rapidement l'anse. L'allure vive de son crawl la réchauffa aussitôt. Puis elle revint vers le centre de la petite baie. Ici, ses pieds ne touchaient plus les fonds marins.

La jeune femme s'allongea, flottant à la surface du clapotis. De sa position mouvante sur l'eau, elle pouvait con-templer une large portion du ciel bleu magnifique ainsi que le haut des collines boisées qui bordaient la falaise rouge. Quelle vue enchanteresse !

« J'ai de la difficulté à m'imaginer de terribles naufrages dans des lieux aussi paisibles », se dit-elle avec naïveté.

La jeune baigneuse rêvassait encore lorsqu'elle entendit un bourdonnement dans son oreille gauche. Un bruit de moteur semblait se rapprocher d'elle.

Laura eut à peine le temps de se redresser pour distinguer le bateau qui se dirigeait vers elle à grande vitesse.

Le canot à moteur, dont la coque jaune et rouge brillait sous le soleil, bondissait sur les vagues tel un cheval fou.

Il fonça sur Laura sans ralentir.

2

UNE TROUVAILLE

Laura n'eut pas le temps de crier pour signaler sa présence. Elle plongea instinctivement sous l'eau afin d'éviter le bateau qui fonçait droit sur elle!

La nageuse usa de toute sa force pour s'éloigner de la surface et se propulser dans les profondeurs marines. Dans cet univers bleu sombre peuplé d'algues et de poissons d'eau froide, elle réussit tant bien que mal à s'agripper à un rocher tapissé de coquillages. Et c'est dans un remous infernal de bulles et d'étincelles de lumière que le ventre jaune et rouge du canot passa au-dessus de sa tête!!!

La force des tourbillons produits fut telle qu'elle faillit faire basculer Laura qui se cramponna davantage à la roche!

Puis le bateau s'éloigna.

La jeune femme, à qui le souffle commençait à manquer dangereusement, remonta à la surface. De l'air, enfin de l'air! Les poumons avides de Laura se gonflèrent.

La baigneuse fit un bref tour sur elle-même pour constater que le bateau à la coque jaune et rouge avait disparu de l'anse. Elle ne distingua que la silhouette fuyante de l'embarcation au large du Rocher de la Vache Marine.

Laura nagea jusqu'au rivage. Ce n'est qu'à son retour sur la plage, près de son voilier, qu'elle prit conscience du danger auquel elle venait d'échapper: ce canot à moteur avait failli la tuer! Sans ses réflexes, son agilité et son souffle, qui lui avaient permis de quitter la surface de la mer pour effectuer un rapide plongeon, nul doute que cet accident lui aurait été fatal!

— Sapristi! J'ai cru que j'allais y laisser ma peau! s'exclama Laura en tentant de retrouver son calme.

Le capitaine de ce bateau ne l'avait-il pas aperçue? Quelle idée de naviguer à cette vitesse dans une baie si calme! À moins que l'embarcation n'ait délibérément foncé sur elle… Mais pourquoi quelqu'un ferait-il cela? Il était légal de naviguer et de se baigner dans cette baie, non?

«J'en aurai le cœur net, se dit la jeune femme en colère. Ce bateau à la coque jaune et rouge ne passe pas inaperçu. Je le retrouverai dans un des ports de l'archipel!»

Déterminée à localiser le canot délinquant, Laura renfila son gilet de sauvetage et prit le chemin du retour vers la baie de Plaisance à bord de son petit voilier docile.

À l'école de voile, après s'être douchée et changée, elle alla trouver Arthur et l'interrogea.

— Je ne connais aucun canot à moteur par ici dont la coque soit jaune et rouge, répondit-il après avoir écouté son amie raconter sa mésaventure. C'est un scandale! ajouta-t-il en tirant nerveusement les poils noirs de sa barbe. Ce bateau aurait pu te tuer!

— Il ne m'a pas vue, sans doute. Je nageais à la surface de l'eau, dit Laura qui venait de s'apercevoir qu'elle avait enfilé son chandail de marin à l'envers.

— Ce n'est pas une raison, Laura! Il y a des règles à respecter quand on navigue. Et l'une d'entre elles est de toujours envisager la présence de baigneurs près des côtes. Ces individus devraient le savoir.

— Oui, je sais, Arthur.

Laura, qui tentait depuis plusieurs minutes de sortir la tête de son chandail sans le déboutonner, perdit patience. Elle se dégagea brutalement du tricot dont un des boutons en forme d'ancre sauta sur le plancher. Puis elle remit son chandail à l'endroit en conservant son sérieux.

— Celui qui pilotait ce bateau est un vrai danger public! reprit-elle avec rage. J'ai eu très peur! Compte sur moi pour le retrouver et lui dire ma façon de penser.

— Je te souhaite de lui mettre la main dessus. Il faudrait que ce pilote suive des cours de navigation!

Le lendemain matin, après un copieux petit déjeuner pris à la cafétéria de la marina, réputée pour ses crêpes au sirop d'érable, Laura étalait la carte des îles sur la table afin de décider de son itinéraire.

« Même si je dois parcourir tous les ports de l'archipel, je retrouverai l'énergumène qui m'a foncé dessus hier avec son bateau ! » se dit-elle.

Elle rangea la carte routière, paya son repas et embarqua dans la voiture. Par ce temps radieux, Laura s'était vêtue légèrement d'une jupette bleue, d'un tricot blanc à manches courtes et de sandales.

Cette vieille jeep était un vrai poème ! Des jantes peintes d'émail orange, une carrosserie d'une couleur dégradée allant du jaune vif à l'ocre, un volant et des sièges recouverts d'un tissu exécrable en longs poils vert olive... Fort heureusement pour Laura, le moteur était en parfait état !

Après s'être assurée que le canot à la coque jaune et rouge ne se trouvait pas parmi les embarcations amarrées aux quais de la marina, Laura s'engagea sur la route de la côte sud, celle qu'elle avait longée la veille en voilier.

La route panoramique serpentait avec grâce entre les maisonnettes colorées. Ici s'ouvrait une lagune aux eaux turquoise parcourues sans relâche par des planches à voile lancées telles des flèches multicolores depuis un arc géant. Un peu plus loin, une plage majestueuse ourlait la côte et des baigneurs courageux défiaient déjà l'eau fraîche et les vagues.

Laura parvint au phare au large duquel elle avait fait virer son bateau la veille. Puis elle se dirigea vers un petit port de pêche à l'abri des falaises et gara sa voiture le long de l'unique quai.

Bien que beaucoup moins importante qu'il y avait à peine quelques années, la pêche constituait encore la principale activité économique de l'archipel. Les hauts fonds étaient favorables aux crustacés tels que les homards, les crabes des neiges et les pétoncles, et de nombreuses espèces de poissons peuplaient les eaux comme la morue, le maquereau, la plie, le hareng, le sébaste et l'éperlan. On dénombrait également plusieurs types de coquillages comme les moules, les coques et les palourdes. Cette omniprésence de la pêche expliquait le nombre impressionnant de petits ports qu'on retrouvait dans l'archipel ainsi que la diversité des bateaux présents.

Laura examina chaque embarcation amarrée au ponton. Aucune d'entre elles ne correspondait à celle qui avait failli la heurter dans l'Anse aux Sirènes.

« *La crevette intrépide, La coque à Jojo, Homard le shérif, Madame la comtesse, Mon pitou des mers...* Drôles de noms pour des bateaux ! » se dit Laura en déchiffrant les lettres moulées peintes à la proue.

Elle s'esclaffa à la vue d'un canot de sauvetage en bois noir à moitié coulé qui portait ironiquement le nom de *La mer veille.*

De toute évidence, la coque jaune et rouge qu'elle recherchait ne se trouvait pas ici.

Laura revint vers sa jeep insolite et reprit la route des caps.

Après avoir roulé dix minutes, elle aperçut sur sa gauche une vieille pancarte en bois usé qui indiquait l'Anse aux Sirènes.

« Tiens, tiens... Allons jeter un coup d'œil depuis la falaise sur cette anse ! »

Laura gara son véhicule le long d'un chemin qui traversait les terres pour rejoindre le rivage. La petite baie n'était accessible que par un sentier pédestre à peine marqué parmi les herbes folles et les fleurs sauvages qui envahissaient les champs. Laura marcha une dizaine de minutes, puis elle découvrit le bord de la falaise rouge : l'anse minuscule était déserte. Elle eut beau scruter l'horizon : nulle trace du bateau qu'elle cherchait.

Laura se sentait aussi subjuguée par la beauté de ces lieux qu'elle l'avait été la veille. À l'image de beaucoup de jeunes femmes de son âge, elle adorait les mystères, l'aventure et les histoires à faire rêver, comme celle de ce supposé trésor enfoui dans les profondeurs marines...

« Quel endroit magnifique ! pensa-t-elle. Je reviendrai m'y baigner demain, mais cette fois j'emporterai mon masque de plongée et mes palmes. »

Tout en ôtant son chapeau que le vent délogeait sans cesse, elle revint sur ses pas, embarqua dans la jeep et poursuivit sa route.

Laura traversa l'Île-du-Cap-aux-Meules. Des îlots peuplés d'oiseaux majestueux succédaient à d'élégants phares qui dominaient les côtes rouges sculptées par les vagues.

Elle visita tous les ports de pêche hauturière et côtière ainsi qu'une marina. Elle vit des coques de toutes sortes, de toutes les couleurs et de toutes les tailles : des pédalos et des kayaks de mer, des dériveurs et de gros voiliers de plaisance, des bateaux à moteur et des chalutiers, sans compter le traversier qui reliait les Madelinots à l'Île-du-Prince-Édouard.

Hélas ! Elle ne trouva aucune trace d'un canot jaune et rouge !

Après avoir dégusté un burger de poisson frais près du littoral, Laura prit la direction de l'Île-du-Havre-aux-Maisons. Il était bien trop tôt pour abandonner les recherches et elle n'avait parcouru que la moitié de l'archipel.

Une grande lagune réputée pour l'élevage des moules bleues caractérisait cette île moins boisée et plus champêtre que les autres. Laura suivit une route serpentant au cœur de ce relief dénudé et parvint à un havre de pêche. Une pancarte dont le soleil avait altéré la clarté des inscriptions indiquait un ancien lieu de fumage du hareng.

La jeune femme gara sa voiture et examina attentivement chacun des bateaux du port. Elle marcha sur les quais et les pontons, évitant les cordages tendus, les bittes d'amarrage et les seaux d'eau jonchant les planches.

À force de chercher et d'examiner en détail les lieux qu'elle découvrait, Laura commençait à moins bien distinguer les couleurs.

C'est pourquoi elle faillit ne pas le voir et dut écarquiller ses grands yeux verts.

C'était lui!!!

Sur l'un des trois pontons, entre deux chalutiers, amarré avec soin par deux nœuds de chaise, le canot à la coque jaune et rouge resplendissait!

— Ah! Te voilà, toi! s'exclama Laura avec satisfaction.

Elle observa quelques minutes le bateau dont elle connaissait le ventre aperçu avec effroi au-dessus de sa tête au fond de l'Anse aux Sirènes. Elle devait maintenant en trouver le ou les propriétaires.

Laura fit quelques pas entre les baraquements du port qui semblait désert et parvint rapidement à l'entrée d'un musée abritant un fumoir d'antan. Au seuil de la porte, un vieil homme était plongé dans la lecture d'un journal local. Il leva la tête à l'arrivée de Laura.

— Bonjour, monsieur, dit-elle aimablement. Pardonnez-moi de vous déranger en pleine lecture.

— C'est correct! répondit-il avec entrain. Ça fait le troisième article que je lis sur la fin de la pêche à la morue et c'est plutôt déprimant, croyez-moi. J'peux vous aider?

— Oui, je vous remercie. Savez-vous à qui appartient l'embarcation à la coque jaune et rouge qui est amarrée au quai?

— Ben, vous tombez juste, mademoiselle! Ce bateau, c'est *Le Tit Painchaud*. Il appartient à mon frère Ernest. Je me présente: Robert Painchaud.

— Enchantée, dit la jeune femme en serrant la main tendue. Je m'appelle Laura Berger. Je suis monitrice de voile au centre nautique. Savez-vous où je peux trouver votre frère?

— C'est certain. Il travaille au phare du Cap Alright. C'est lui qui s'occupe d'entretenir le terrain. Vous pouvez y aller à pied. Continuez la route et lorsque vous serez au bout, prenez le chemin des Échoueries, vous pouvez pas manquer le phare.

— Merci infiniment.

— Y'a pas de quoi!

Laura rejoignit à pied le Cap Alright. De là, une merveilleuse vue s'offrait sur les falaises et la baie de Plaisance, qu'elle avait tant parcourue au cours des dernières semaines avec son voilier et ses élèves apprentis marins.

Elle s'approcha du phare. Un homme d'une quarantaine d'années, grand et massif, y était occupé à tailler des arbustes. Elle s'avança vers lui et lui adressa un large sourire:

— Bonjour, pardonnez-moi de vous déranger. Seriez-vous monsieur Painchaud?

— Pour vous servir, mademoiselle!

— Votre frère m'a dit que je pourrais vous trouver ici. Je suis Laura Berger, monitrice à l'école de voile.

— Bonjour! Qu'est-ce que je peux faire pour vous? lança-t-il aimablement en interrompant son travail.

— C'est une affaire un peu délicate, commença la jeune femme, soudain gênée. En fait, j'ai été victime d'un incident hier après-midi. Un bateau a failli me heurter alors que je me baignais dans une baie de l'Île-du-Havre-Aubert. Ce bateau à la coque jaune et rouge ressemblait en tous points au vôtre, le *Tit Painchaud*…

— Ah? fit Ernest Painchaud, visiblement très étonné. Ben, ça alors… J'ai loué mon bateau hier, pour un très bon prix d'ailleurs, à un groupe de scientifiques qui allait dans ce coin. Je suis vraiment désolé de ce qui vous est arrivé. Ils ne vous ont sûrement pas vue!

— Oui, c'est possible. Vous ont-ils parlé de cet incident à leur retour?

— Non, mademoiselle. Ils ne m'ont rien dit du tout. Peut-être qu'ils étaient trop concentrés sur leur travail. Je sais qu'ils font des recherches géologiques près des côtes rocheuses.

— Ah bon. Pouvez-vous me dire combien ils étaient et comment je pourrais les reconnaître?

— Ils étaient trois, une femme et deux hommes, dans la quarantaine, je dirais. Une grande blonde maigrichonne, un homme plutôt grand aux cheveux noirs et un petit brun, avec une moustache, si je me rappelle bien.

— Merci, monsieur Painchaud. Si vous les revoyez, pouvez-vous leur dire de prendre garde aux baigneurs et de ralentir aux abords du rivage? Ils m'ont fait une peur bleue!

— Soyez sûre que je vais les sermonner si je les croise de nouveau. Ce serait bien le comble si mon *Tit Painchaud* passait pour un voyou des mers! répondit l'homme d'un ton qui ne laissait aucun doute sur sa sincérité.

Rassurée, Laura prit le chemin du retour vers l'école de voile.

Elle soupa en compagnie d'Arthur à la cafétéria du centre nautique, en racontant sa première visite de l'archipel, et se coucha tôt, un peu engourdie par le vent et le soleil qu'elle avait bravés tout au long de la journée.

C'est avec empressement et excitation que Laura retourna naviguer dans les eaux de l'Anse aux Sirènes dès le lendemain matin, sous un soleil radieux.

Malgré l'accident évité de justesse, et peut-être même en raison de cet événement qui avivait sa curiosité et son goût du risque, elle avait décidé de s'y baigner de nouveau. À bord de son petit voilier, elle avait embarqué son tuba son masque et ses palmes afin de plonger en apnée.

Elle ne croisa aucun canot à moteur sur son parcours et fut plus attentive que jamais lorsqu'elle parvint enfin à la baie du supposé naufrage du *Lucy-Jane*. Le bateau d'Ernest Painchaud ne s'y trouvait pas. L'anse était tranquille et déserte.

Laura hissa son dériveur hors de l'eau sur le sable clair. Puis elle s'équipa avec soin. Le masque et le tuba étaient parfaitement ajustés. Les superbes palmes que lui avait offertes sa mère pour son anniversaire lui permettraient de se propulser avec vitesse et justesse entre les rochers.

Avec élégance, Laura plongea dans l'eau fraîche.

La houle qui déplaçait les grains de sable les plus fins et faisait bouger les longues algues vertes embrouillait les fonds marins.

Malgré les courants, Laura se mouvait avec grâce dans cet univers. Elle observait chaque détail du terrain, tout en laissant aller son imagination. Régulièrement, elle remontait à la surface des flots afin de reprendre son souffle et de s'assurer de la tranquillité des eaux dans la baie. Pas question de se faire surprendre par un autre fou de la vitesse! Puis elle replongeait.

Elle inspecta ainsi les profondeurs marines pendant près d'une demi-heure.

Alors qu'elle longeait un banc d'algues, une masse sombre plutôt carrée sertie entre deux rochers attira son attention.

Le cœur de Laura se mit à battre plus fort.

«Et s'il s'agissait d'un trésor?» se dit-elle, au comble de l'excitation.

Laura remonta à la surface de l'eau pour y respirer un bon coup. Elle ajusta son masque et son tuba, puis plongea de nouveau pour atteindre le niveau du sable.

Sans y toucher, elle observa plusieurs secondes l'objet à demi enfoui.

Puis, avec soin, elle le dégagea complètement.

Laura sentit son corps fondre.

Était-ce toute cette histoire de trésor qui lui faisait perdre la raison ou tenait-elle véritablement dans ses mains ce qui ressemblait à un vieux coffret ?

La jeune plongeuse remonta à l'air libre pour inspecter sa trouvaille à la lumière du jour.

Mais au moment précis où elle atteignit la surface des flots, elle aperçut un canot à moteur qui se dirigeait vers elle à toute vitesse.

3

Un avertissement

Laura eut tout juste le temps de prendre une respiration avant de plonger de nouveau pour éviter la collision !

Avec frayeur, elle sentit l'hélice d'un moteur lui frôler la tête.

Tout en serrant le coffret contre sa poitrine, elle se retourna d'un coup de palme et aperçut la coque bleue du bateau qui venait de passer juste au-dessus d'elle.

La plongeuse, encore sous le choc, attendit d'être à bout de souffle avant de remonter à la surface. Puis elle nagea avec peine jusqu'au rivage.

Enfin, sur la plage, encore tremblante, Laura s'assit sur le sable et retira son masque, son tuba et ses palmes. Son corps semblait tétanisé par la peur. Puis la peur fit place à la colère.

— Y en a marre à la fin! Cette fois, c'en est trop! À croire que quelqu'un veut m'empêcher de me baigner ici! fulmina-t-elle.

Laura scruta l'horizon, mais le bateau avait disparu. Elle n'avait pu apercevoir que le bleu électrique de sa coque!

Qui étaient ces gens? Que cherchaient-ils à faire? Laura ne pouvait plus croire qu'il s'agisse d'une coïncidence!

«Deux accidents en trois jours! Il ne faudrait pas me prendre pour une bourrique, non plus!!!» se dit-elle.

Tout en ruminant sa colère, Laura observait l'objet qu'elle venait de sortir des fonds marins. À la fois furieuse et surexcitée par sa trouvaille dans l'Anse aux Sirènes, elle ouvrit le coffret et constata qu'il était vide et fort abîmé.

«Je dois absolument le montrer à un spécialiste. Ce coffre peut avoir de la valeur! Qui sait, peut-être qu'il était à bord du *Lucy-Jane* lors de son naufrage en 1690...», se prit-elle à rêver.

Malgré le nouveau choc qu'elle venait de subir, la jeune femme ne pouvait s'empêcher de jubiler. Elle se sentait comme une archéologue mettant au jour un artefact datant des temps anciens! Son père, qui était professeur d'archéologie et de préhistoire, lui avait souvent parlé de ce sentiment merveilleux qui accompagnait toute découverte. Laura comprenait mieux maintenant ce qu'il avait tenté de lui expliquer.

«Je vais rentrer au centre nautique et discuter de tout ça avec Arthur, décida-t-elle en parant son voilier pour repartir. Décidément, je ne réussirai jamais à passer un après-midi tranquille dans cette baie!»

Arthur examinait le vieux coffret que Laura lui présentait.

— Je connais quelqu'un qui pourrait te renseigner.

La jeune femme s'était précipitée dans son bureau. À la voir si préoccupée, Arthur avait tout de suite deviné qu'il s'était encore produit quelque chose d'anormal lors de sa virée en bateau.

— Il s'agit de mon ami Martin Gros-Pierre, poursuivit-il. Il est le responsable des fouilles archéologiques sous-marines dans l'archipel.

— Super! répondit Laura. Et que penses-tu de ce bateau qui a failli me tuer? Ce n'est pas le même qu'hier. Ça, j'en suis sûre!

— Ces apprentis navigateurs sont des criminels! jeta Arthur d'un air découragé. Je vais aviser la police maritime dès aujourd'hui. C'est, hélas, tout ce que nous pouvons faire... Ensuite, si tu veux, nous irons rencontrer Martin pour en savoir plus sur cet intrigant coffret que tu as tiré du fond des mers.

— OK!

Arthur téléphona aux garde-côtes et les informa des incidents survenus dans l'anse. Les officiers n'avaient reçu aucun signalement d'accidents de ce type au cours des derniers jours. Usant d'un brin de morale qui horripila Laura, ils mirent en garde les deux amis contre les plaisanciers à la conduite dangereuse.

— J'aimerais bien les y voir, moi! s'écria-t-elle après le coup de fil. Qu'est-ce qu'on peut faire contre des imbéciles fonçant avec leur bateau sur tout ce qui bouge à la surface de l'eau?

Après avoir avalé rapidement un sandwich, Arthur et Laura se rendirent dans l'ensemble de baraquements où travaillait Martin Gros-Pierre, non loin de l'aquarium des îles.

Ils trouvèrent l'ami d'Arthur dans le laboratoire, près d'une salle où s'entassaient de nombreux artefacts, provenant probablement de fouilles sous-marines.

Les mains gantées de caoutchouc, l'archéologue était en train de disposer soigneusement de drôles d'objets au fond d'un bassin rempli d'une eau trouble. À l'approche des visiteurs, ce grand barbu roux aux yeux clairs leva la tête. Arthur le salua joyeusement.

— Salut, Martin! Qu'est-ce que tu fabriques? T'es-tu enfin décidé à faire la vaisselle?

Le visage du chercheur se fendit d'un large sourire:

— Bonjour, Arthur! Non, rassure-toi, je n'ai pas changé.

— Ouf! J'ai cru que j'allais m'évanouir!

Le directeur de l'école de voile regarda Laura et ajouta d'un air complice:

— Nous avons longtemps été en colocation, Martin et moi, ce qui m'a permis de découvrir qu'il était un fin cuisinier, mais un piètre plongeur, malgré ses diplômes d'archéologue sous-marin !

Laura et Martin Gros-Pierre s'esclaffèrent.

— Je t'amène de la belle visite, mon vieux, reprit sérieusement Arthur.

— En effet, rétorqua Martin en dévisageant aimablement la jeune femme. Donnez-moi deux minutes et je suis à vous.

À l'intention de Laura dont il percevait la curiosité, il précisa :

— Une des règles d'or pour conserver en état un objet archéologique, c'est de le garder dans des conditions analogues à celles de son lieu d'enfouissement. C'est pourquoi je suis en train d'entreposer, dans ce bassin d'eau salée, ces morceaux de cuir trouvés en mer.

— C'est très intéressant, répondit Laura, qui connaissait déjà un peu ces techniques grâce à son père. J'espère qu'on ne vous dérange pas trop.

— Mes amis ne me dérangent jamais, dit Martin en retirant ses gants en caoutchouc. Alors, que puis-je faire pour vous, mes chers ?

— Eh bien, nous avons besoin des connaissances d'un expert, expliqua Arthur. Je te présente mon amie et ma collègue, Laura Berger. Elle a été monitrice à l'école de voile au cours des dernières semaines. Elle est maintenant en congé. Au cours de ses balades dans l'Anse aux Sirènes, notre jeune sportive a plongé et remonté un objet qui semble assez ancien. Tu connais mon intérêt pour les reliques! Je lui ai dit que tu pourrais peut-être l'examiner.

— Certainement. Ravi de vous connaître, Laura! dit Martin Gros-Pierre en lui serrant la main.

— Enchantée. Voici le petit coffre en question.

La jeune femme sortit avec soin l'objet de son sac à dos en toile.

L'archéologue saisit délicatement le coffret dont le bois rongé témoignait du passage des années. Il inspecta toutes ses faces, s'attarda sur la serrure rouillée, l'ouvrit, le referma, le tourna, le retourna…

Laura et Arthur restaient muets, attendant le verdict du spécialiste. Seul le bruit de la ventilation des bassins d'entreposage venait troubler le silence du laboratoire.

Cinq longues minutes s'écoulèrent ainsi, alors que Martin examinait l'objet avec toutes les précautions d'usage.

— Je connais bien ce type d'artefact, dit-il enfin. Celui-ci a particulièrement été abîmé par l'eau de mer. Il s'agit d'un spécimen de coffrets en bois que de nombreux bateaux ont transportés à partir de la fin du dix-septième siècle. Celui-ci n'est pas très ancien : je dirais qu'il date, tout au plus, du début du vingtième siècle.

Laura ressentit un peu de déception.

— Cela reste une belle trouvaille ! reprit le scientifique, qui ne désirait pas sous-estimer la découverte de cette apprentie archéologue. Par contre, elle n'a guère de valeur archéologique, car nous en avons déterré plusieurs centaines dans la région. Même le musée n'en veut plus ! Exceptionnellement, je vous autorise à le garder, Laura, et à considérer qu'il vous appartient.

— Merci beaucoup, dit-elle en reprenant le coffret, qui constituerait un souvenir inestimable de sa baignade dangereuse.

— Je devine votre déception, reprit Martin Gros-Pierre. Savez-vous que cet objet, s'il est commun, n'en demeure pas moins très intéressant d'un point de vue historique? Il a probablement été façonné en Nouvelle-Angleterre ou en Europe. Certains de ces petits coffres que nous avons retrouvés avaient des pierres précieuses et des perles de nacre incrustées, des doubles couvercles ou des doubles fonds qui pouvaient dissimuler des bijoux ou des épices coûteuses. Je crois que celui que vous avez découvert devait servir au transport d'épices ou de quelque denrée de ce genre… Avez-vous d'autres questions, mademoiselle l'archéologue?

— Oui. En fait, je suis curieuse… Je me demandais si, au cours des fouilles que vous avez réalisées, vous n'auriez pas découvert un vestige quelconque de l'épave du *Lucy-Jane* qui se serait échoué dans l'Anse aux Sirènes.

— Votre curiosité est tout à fait légitime, Laura. Je vois que vous connaissez déjà les légendes de la région! Pour répondre à votre question: non, nous

---

n'avons rien trouvé. Il y a effectivement une épave intéressante là où vous avez plongé, mais ce sont les débris d'un bateau du vingtième siècle qui était chargé de denrées. Nous n'avons jamais mis au jour un seul objet du *Lucy-Jane*, ni sa coque. D'ailleurs, nous ne savons pas grand-chose de ce vaisseau, si ce n'est qu'il était sous le commandement de Charles O'Fox, marin de la Nouvelle-Angleterre, et qu'il faisait partie de l'escadre de navires envoyée depuis Boston pour attaquer Québec en 1690. Vous vous imaginez qu'avec cette histoire de trésor et de bijou auquel la légende a même donné un nom, le Cœur d'Or, il s'est fait de nombreuses fouilles dans cette baie ! Sans aucun succès ! Jamais on n'a retrouvé de trésor. J'y ai longtemps cru moi-même, mais il y a plus de vingt ans que je plonge ici, et cette histoire demeure pour moi une très belle légende.

— Une légende qui a dû attirer tous les chercheurs de trésors de la région, supposa Laura.

— Effectivement ! De la région, du Québec, du Canada et d'autres pays ! renchérit Martin. Même si cela fait des années qu'on ne fait plus de recherches sérieuses dans cette anse, cela ne m'étonnerait pas qu'elle attire des plongeurs clandestins en quête de trésors!

Laura tressaillit. Se pouvait-il que les deux incidents survenus alors qu'elle se baignait dans l'Anse aux Sirènes soient dus aux activités illégales de pilleurs d'épaves? Ceux-ci auraient eu peur en la voyant fureter dans les lieux et se seraient arrangés pour la faire fuir...

Laura devait absolument savoir à quoi s'en tenir. Tant pis si ses soupçons paraissaient loufoques. Elle entreprit de les confier à l'archéologue :

— À deux reprises, un petit bateau à moteur a failli me heurter alors que je me baignais dans l'Anse aux Sirènes. La façon dont ces incidents se sont produits me laisse difficilement croire à une coïncidence. En fait, j'ai bien cru qu'on cherchait à m'attaquer et à me faire quitter les lieux. Pensez-vous que...

— Bien sûr!!! l'interrompit Martin Gros-Pierre.

De toute évidence, le grand homme à la barbe rousse avait pris très au sérieux les paroles de la jeune femme.

— Vous avez probablement été victime de ces bandits des mers qui nuisent tant à l'avancement de la science! maugréa-t-il. Ce ne serait pas la première fois qu'une telle chose se produit: de nombreux escrocs ont cherché le trésor du capitaine O'Fox! Ce qui est révoltant, c'est qu'on ne retrouve jamais ces individus! Je ne peux vous donner qu'un conseil, mademoiselle: si ce genre de recherches en mer vous intéresse, faites attention. Il y a des énergumènes sans scrupules qui se prennent pour des scientifiques ou des aventuriers et qui ne sont que des pillards écumant les fonds marins! Et les pirates à la recherche du légendaire trésor du *Lucy-Jane* ne peuvent être que redoutables, croyez-moi!

plongée dans l'anse. Il fallait absolument qu'elle retrouve ce canot et ses passagers. Peut-être que ces individus étaient les mêmes que ceux qui se trouvaient à bord du *Tit Painchaud*. Elle devait mener son enquête.

Le lendemain matin, Laura reprit la route en suivant le même itinéraire que la veille.

Habillée d'un jean un peu large et d'un t-shirt rouge à l'emblème de l'Université Laval de Québec, là où son père enseignait et où elle-même étudiait, elle avait natté ses cheveux et emporté ses jumelles ainsi que son chapeau d'été.

En trois jours, elle avait non seulement délaissé son rôle de monitrice de voile, mais également cessé d'être une simple vacancière! La mission qu'elle se donnait dorénavant était de recueillir des renseignements sur les gens qui avaient failli la heurter en mer et qui, selon toute vraisemblance, fouillaient illégalement les lieux! Elle ne pouvait laisser ces individus agir en toute liberté! Quelque chose lui disait que les passagers de ces deux canots aperçus dans la baie n'étaient pas ordinaires et qu'ils ne mettraient pas fin à leurs activités suspectes. Et puis, elle n'avait pas apprécié de se faire faire la morale par la police maritime...

La jeune conductrice emprunta la route des caps et fit de nouveau halte à la falaise rouge surplombant l'Anse aux Sirènes. Les lieux étaient déserts. Elle visita ensuite les havres de pêche qu'elle avait déjà inspectés deux jours plus tôt. Rien! Laura ne vit aucune coque bleu électrique amarrée aux quais.

Elle avait longé la Dune de l'est, parcouru l'Île-du-Cap-aux-Meules, puis celle du Havre-aux-Maisons. Une brève visite dans le port où elle avait découvert le *Tit Painchaud* lui permit de constater que le bateau jaune et rouge s'y trouvait encore, paisiblement bercé par le clapotis des vagues qui en caressaient l'étrave. Laura fit le tour des baraquements dépeuplés, puis elle poursuivit son chemin par la route de la Dune du nord jusqu'aux magnifiques pentes boisées de la Grosse-Île. De temps à autre, elle scrutait la mer avec ses jumelles pour vérifier si le canot ne naviguait pas au large. Mais en vain...

Sur sa droite, au fond de la plus grande lagune de l'archipel, une imposante mine de sel déployait ses structures. Laura avait entendu dire qu'elle produisait plus d'un million de tonnes de sel par an! Utilisé surtout pour déglacer les routes du Québec durant les mois d'hiver, le sel était extrait à plus de trois cents mètres de profondeur.

«Ces paysages doivent être incroyables pendant l'hiver!» pensa Laura en admirant le panorama qui s'offrait à elle.

Elle s'imaginait les dunes, les plages et les collines recouvertes de neige, les maisons colorées enfouies sous cette douce blancheur, les kayaks de glace, la pêche blanche et le ski à cerf-volant sur la lagune, les phoques et les randonnées sous le vent glacial qui fouettait l'archipel...

Un panneau indiquant la Grande-Entrée interrompit le fil de ses pensées. Parvenue au bout de l'île, Laura gara sa jeep près du port qui abritait plus d'une centaine de bateaux spécialisés dans la prise du homard. Puis elle en fit le tour à pied, examinant avec soin chacune des embarcations présentes. Laura posa

quelques questions aux pêcheurs madelinots travaillant à la pesée dans une
pièce aérée donnant sur les quais. Hélas,
aucun de ces hommes n'avait aperçu le
bateau qu'elle cherchait, ni croisé la
route des trois scientifiques qui avaient
loué le *Tit Painchaud*.

Elle avait parcouru les lieux les plus
fréquentés de l'archipel et fouillé la
quasi-totalité des ports de pêche qui
figuraient sur sa carte routière.

«La seule chose qu'il me reste à faire
est de retourner à l'anse et d'observer
discrètement depuis la falaise ce qui s'y
passe au cours des prochains jours», se
dit la jeune femme.

Avant de revenir sur ses pas, Laura
entra dans la boutique d'artisanat près de
laquelle elle avait laissé la jeep. Elle avait
promis à ses parents de leur ramener un
objet d'art des Îles et ne l'avait pas encore
acheté. Même si elle n'avait pas l'esprit
au magasinage, elle se devait de saisir
l'occasion qui se présentait.

Il y avait là des cartes postales et des
dépliants touristiques, des tissus colorés
et des disques de musique folklorique,
des œuvres d'art en verrerie, d'autres en

bois sculpté et en pierre d'albâtre, des bijoux en argent, des poupées de chiffons et des bateaux en bouteille, des assiettes et des tasses décorées, des fleurs séchées, des coquillages nacrés et des homards en plastique…

Ah! Elle imaginait bien la tête de son père si elle décidait de lui rapporter un homard en plastique! Ce ne serait pas sa première farce du genre! Ni pour lui d'ailleurs, car elle se souvenait très bien de la fois où, de retour d'Amérique du Sud, il lui avait offert un canard hideux en papier mâché couvert de poils roses…

— C'est le type de faune qu'il est à peu près impossible de rencontrer sur place! lui avait-il donné en guise d'explication.

Laura examina les aquarelles et les petites gravures encadrées et soigneusement accrochées aux murs. L'une d'entre elles retint son attention. Il lui semblait reconnaître ces lieux…

La jeune femme s'approcha et put lire le titre de l'œuvre écrit en petites lettres moulées sur le coin gauche du papier jauni de la reprographie: «Navire ancré dans l'Anse aux Sirènes».

Laura ne s'était donc pas trompée! Ces falaises, cette plage minuscule et le Rocher de la Vache Marine au loin… c'était bien la baie dans laquelle elle s'était baignée!

Elle décrocha délicatement le petit cadre du mur et s'approcha de la caisse, où la marchande étiquetait divers articles.

— Bonjour, mademoiselle, dit aimablement la vendeuse. Puis-je vous aider?

— Bonjour. Oui, merci. Je me demande s'il s'agit d'une œuvre originale ou d'une reproduction d'un tableau ancien, dit Laura en montrant la gravure.

— C'est une reproduction. La gravure originale date de 1910. L'artiste est demeuré anonyme.

— De quel bateau s'agit-il?

— Personne n'a jamais pu le confirmer. Tout ce qu'on sait, c'est qu'il s'agit d'une barque à voile du dix-septième siècle.

— Ah, c'est intéressant. Je vais l'acheter. Avec cette petite baleine en albâtre, s'il vous plaît, dit Laura en désignant le joli mammifère marin en pierre blanche présenté soigneusement sous une vitrine.

— Mais certainement, mademoiselle.

La marchande s'affaira aussitôt à emballer les objets choisis. Laura était heureuse d'avoir trouvé cette gravure. Avec le coffret de bois repêché, cela lui faisait deux souvenirs originaux de ses baignades dangereuses en mer. Elle paya ses achats.

— Cette reprographie a du succès, ajouta la dame. C'est la deuxième qu'on m'achète aujourd'hui!

— Ah bon? fit Laura avec un étonnement non feint. D'autres touristes l'ont achetée?

— Un groupe de trois personnes. Des scientifiques, je crois. C'est amusant, car, tout comme vous, ils m'ont demandé le nom du bateau représenté sur la gravure.

— S'agissait-il d'une femme blonde et de deux hommes, un grand aux cheveux noirs et un petit moustachu? questionna Laura qui tentait de contenir sa jubilation.

— Mais oui! Les connaissez-vous? demanda à son tour la marchande visiblement intriguée.

— Non. En fait, je cherche à les rencontrer. Savez-vous où ils logent pendant leur séjour?

— Je n'en ai pas la moindre idée, ma chère. À vrai dire, je ne les ai pas trouvés très sympathiques ni très polis. Ils semblaient impatients et sont repartis rapidement sans dire bonjour !

— Merci pour les renseignements, madame, conclut Laura en prenant possession de ses achats.

— De rien, mademoiselle ! Bon séjour chez nous !

Laura quitta la boutique.

Ainsi, les trois individus suspects l'avaient précédée dans ces lieux… Quelle coïncidence !

Comment allait-elle faire pour les retrouver ? Laura avait beau y penser, elle n'en avait aucune idée. Ces îles étaient suffisamment vastes pour que des brigands puissent s'y cacher sans se faire repérer.

Tout en se dirigeant vers la jeep, la jeune femme sentit une présence derrière elle. Elle se retourna.

Marchant difficilement à l'aide d'une canne, une vieille dame tentait de la rattraper.

— Mademoiselle ! Attendez un instant.

— Oui? dit Laura en revenant sur ses pas. Puis-je vous aider?

— Ça va aller, je vous remercie. Je suis la mère de Madeleine, la marchande de la boutique. Je suis désolée, je ne voulais pas écouter votre conversation, mais j'étais dans l'atelier et j'ai tout entendu… Vous semblez gentille et honnête, je dois vous mettre en garde…

— Que voulez-vous dire? Je ne comprends pas…

— Faites attention, mon petit, coupa la femme. Des individus dangereux recherchent peut-être la même chose que vous.

— Mais de quoi parlez-vous?

— Je ne sais pas au juste pourquoi vous vous intéressez aux bateaux ancrés dans l'Anse aux Sirènes, mon enfant. Sachez que des personnes peu recommandables, venues acheter la gravure chez ma fille ce matin, cherchent à en savoir davantage sur l'épave du *Lucy-Jane*. Un vieil ami qui en sait long sur cette histoire de trésor a bien failli perdre la vie…

5

OLD HARRY

Laura resta figée un instant en entendant les paroles de la vieille dame!

— Connaissez-vous ces gens, madame? reprit-elle d'un ton qu'elle voulut posé, une fois le choc passé. Racontez-moi ce qui est arrivé à votre ami, s'il vous plaît. C'est très important.

— Je ne sais pas grand-chose. Trois personnes sont passées à la boutique de Madeleine, ce matin. Par la description que m'en avait faite mon ami, j'ai pu les reconnaître. Ils prétendent qu'ils sont des scientifiques, mais ces énergumènes ont agressé mon ami il y a quelques jours. Ils sont passés chez lui pour l'interroger au sujet du *Lucy-Jane*, un navire qui aurait transporté un trésor et qui aurait sombré dans l'Anse aux Sirènes. Ils l'ont menacé et mon ami a eu très, très peur.

— Avez-vous prévenu la police?

— J'ai bien essayé de l'en convaincre, mais mon ami refuse catégoriquement de mêler la police à cette affaire. Allez comprendre…

— Où puis-je rencontrer cet homme, madame? Je dois absolument lui parler. Ces trois pseudo-scientifiques sont très dangereux et sans scrupules. Ils pourraient revenir. Il faut les retrouver avant qu'ils ne commettent un crime, croyez-moi.

La vieille dame hésita. Était-ce prudent de transmettre l'identité de Pierrot à cette inconnue? Lui, qui vivait comme un ermite et qui n'était pas très bavard, pourrait bien le lui reprocher.

D'un autre côté, cette touriste aux gracieuses nattes brunes lui avait tout de suite plu. Elle semblait intelligente, courageuse et digne de confiance. Il fallait d'ailleurs remercier le ciel de l'avoir envoyée! La rencontre de cette jeune femme au regard sincère n'était-elle pas l'occasion unique et inespérée de venir en aide à Pierrot?

— Il s'appelle Pierrot Poirier, confia-t-elle enfin. C'est un ancien marin. Il habite dans la cabane verte de la pointe Old Harry, à huit kilomètres d'ici.

— Je vous remercie de me faire confiance, madame, répondit Laura avec reconnaissance. N'ayez crainte. J'ai moi aussi des comptes à régler avec ces personnes suspectes et je ferai tout ce que je peux pour les retrouver et savoir ce qu'elles manigancent.

— Je vous souhaite bonne chance, mon enfant. Et surtout, faites attention!

Laura se remit vite en route.

Décidément, ces trois lascars étaient plus que redoutables! Elle devait rencontrer ce monsieur Poirier au plus vite et recueillir les renseignements nécessaires pour les retracer. Elle aviserait ensuite la police.

Il lui fallut à peine dix minutes pour parvenir à la pointe Old Harry. Ce petit port, qui était, disait-on, l'endroit même où Jacques Cartier avait débarqué le 28 juin 1534, avait été aux dix-septième et dix-huitième siècles le lieu de prédilection de la chasse au morse. On y avait tué des milliers de bêtes dont on avait commercialisé l'huile. Laura, qui adorait les animaux et se souciait d'écologie, n'aimait pas penser à cette chasse qui avait totalement décimé le troupeau de vaches marines.

Près du quai, de jolis chalutiers aux coques bicolores étaient posés sur la grève, légèrement inclinés sur leur flanc dodu.

C'est dans la première maison du port, une coquette cabane verte à la toiture blanche, que Laura fit la connaissance de Pierrot Poirier.

Le vieux marin, d'abord méfiant, la reçut avec courtoisie lorsqu'il sut qui l'avait envoyée.

L'intérieur du logis débordait d'objets poussiéreux de toutes sortes. Une forte odeur de pipe régnait dans le salon où de larges rideaux à carreaux bleus et blancs tamisaient la lumière du jour.

— Je suis désolée de vous déranger, poursuivit Laura après les présentations d'usage. On m'a dit que vous aviez reçu la visite d'individus qui voulaient des renseignements sur l'épave du *Lucy-Jane*. Je cherche moi-même à retrouver ces personnes, car elles ont failli me heurter en mer avec leur bateau.

Pierrot Poirier la regarda avec surprise. Ainsi, il rencontrait quelqu'un qui, tout comme lui, avait été victime de ces énergumènes!

Le septuagénaire sentit la colère monter en lui. Comment avait-on pu s'en prendre à une si jeune personne?

— Vous ne devriez pas chercher de tels bandits, mademoiselle. Croyez-moi!

Délaissant son humeur d'ermite peu bavard, il offrit chaleureusement une tasse de café à Laura. Puis il commença à raconter sa mésaventure:

— Il y a deux jours, trois personnes, deux hommes et une femme, sont venues chez moi. Ces gens m'ont dit être des scientifiques travaillant pour le gouvernement à la recherche d'archives sur les naufrages survenus dans les Îles. Même s'ils n'avaient pas l'air franchement sympathiques, je les ai d'abord crus, évidemment. J'en ai, des documents sur les naufrages!

D'un geste, Pierrot Poirier désigna une étagère bancale au vernis écaillé surchargée d'ouvrages et de papiers jaunis.

— Bref, reprit-il, je n'ai plus cru du tout à leur histoire de scientifiques quand ils se sont emportés parce que je leur ai dit que je ne savais rien à propos de l'épave du *Lucy-Jane* ! La femme m'a insulté, l'un des hommes, un moustachu, m'a saisi le bras avec violence pour m'intimider et ils m'ont menacé.

— Mais c'est affreux ! Que vous ont-ils dit exactement ? demanda Laura, partagée entre la pudeur de l'empathie et l'envie de poser une kyrielle de questions.

— Ils ont dit qu'ils reviendraient et qu'ils me tueraient si j'alertais la police. Puis ils ont tout mis sens dessus dessous chez moi. Vous auriez dû voir ma maison après leur passage : un vrai désastre ! Sans compter qu'ils m'ont fait très peur.

— Je comprends, monsieur. Ces gens sont très dangereux. Je ne sais pas ce qu'ils cherchent exactement, mais je pense qu'ils sont prêts à tout pour le trouver !

— C'est justement ça qui m'inquiète…

— Que voulez-vous dire ? questionna la jeune femme, qui percevait un certain malaise dans la voix de l'homme.

— Eh bien…

Pierrot se tut. Il détourna son regard et observa la mer à travers la fenêtre.

— Avez-vous une idée de ce qu'ils peuvent faire maintenant? insista Laura avec douceur.

— En fait, je ne vous ai pas tout dit, mademoiselle. Sous leurs menaces, je n'ai pas pu résister…

— Vous pouvez tout me dire, monsieur Poirier. Nous ne serons pas trop de deux pour affronter de nouveau ces bandits si l'occasion se présente. Vous pouvez me faire confiance, je peux vous aider. Que s'est-il passé au juste?

— Je n'ai pas pu éviter de le faire. Croyez-moi, mademoiselle, confia le marin en retenant un sanglot.

— Quoi? Qu'est-ce que vous n'avez pas pu éviter de faire?

— Je leur ai avoué l'existence d'une personne qui détient des renseignements privilégiés concernant l'épave du navire du capitaine O'Fox… Une personne qui habite l'archipel…

6

L'ÎLE D'ENTRÉE

Laura sursauta.

Pierrot Poirier en savait donc plus long sur cette histoire d'épave que ce qu'il avait bien voulu laisser entendre.

— Il y a quelqu'un aux Îles qui sait des choses sur l'épave du *Lucy-Jane* et son trésor, reprit le vieux marin dont la voix traduisait l'angoisse. Et maintenant que ces individus savent qu'elle existe…

— *Elle* ? reprit Laura.

— Oui. C'est une vieille amie, miss Mary Andrews, l'ancienne médecin de l'Île d'Entrée. J'ai tenté de la prévenir, mais elle ne répond pas au téléphone. Et je suis trop vieux pour me rendre sur l'île.

— Cette femme court un grand danger ! s'exclama Laura.

Pierrot Poirier hocha la tête en signe d'acquiescement. Il semblait infiniment triste.

— Je vous remercie de m'avoir fait confiance, monsieur, reprit Laura avec douceur. Je comprends que vous n'ayez pas pu résister à ces menaces. Vous avez fait tout ce que vous pouviez faire. Je vais aller trouver votre amie, miss Andrews, pour la prévenir que des personnages louches pourraient chercher à lui nuire.

— Je vous en suis reconnaissant, mademoiselle. Je ne sais pas comment vous remercier. Cette femme m'est si chère… Mais vous devez faire vite, car ils pourraient bien être déjà chez elle!

— J'irai aussitôt que possible. Prenez soin de vous, surtout. Au fait, à propos du *Lucy-Jane*, croyez-vous vraiment à l'existence d'un trésor? demanda soudain Laura alors qu'elle était sur le point de quitter la maison du marin.

— Certainement, mademoiselle Berger! rétorqua l'homme presque offusqué. Ce navire abritait un trésor qui n'a rien à voir avec un bijou précieux. Un trésor fabuleux.

— Qu'en savez-vous ?

— Rien de plus, coupa Pierrot Poirier d'un ton tranchant. Je peux juste vous dire que la légende ne dit pas tout et qu'un trésor peut valoir bien plus que de l'or.

Le vieil homme avait répondu sur un ton qui interdisait toute autre question. Laura l'avait compris.

— Je vous promets de me rendre auprès de miss Andrews le plus vite possible. C'est la seule chose que je puisse faire, conclut la jeune femme en saluant Pierrot Poirier. Si vous avez besoin de me joindre, n'hésitez pas, je loge à l'école de voile.

Lorsqu'elle reprit la route, Laura se sentit en état d'urgence : il fallait absolument qu'elle porte secours à cette dame de l'Île d'Entrée avant qu'il ne soit trop tard ! Hélas, elle n'y arriverait pas aussi rapidement qu'elle le souhaitait, car aucun traversier ne reliait l'archipel à cette île isolée avant le jour suivant !

Cette histoire était si intrigante…

Laura avait retenu chacun des mots prononcés par le vieux marin : *un trésor qui n'a rien à voir avec un bijou précieux… Un trésor peut valoir bien plus que de l'or.*

Pierrot Poirier avait semblé si sûr de lui, et à la fois si mystérieux…

Certes, la jeune femme était déçue de ne pas en avoir appris davantage sur ce trésor si convoité. Elle sentait cependant que le vieil homme peu bavard avait déjà déployé pour elle toutes ses capacités de sociabilité et qu'il ne lui dirait rien de plus.

Le lendemain matin, Laura prit le traversier de huit heures en direction de l'Île d'Entrée.

Le temps s'était refroidi. Le vent né de la nuit s'alliait à la forte houle pour former des vagues impressionnantes. Ce n'était pas un temps pour prendre la mer, mais Laura n'avait pas le choix. Il fallait absolument qu'elle trouve miss Andrews avant qu'elle ne devienne la proie des rôdeurs de l'Anse aux Sirènes, s'il n'était pas déjà trop tard…

La jolie brunette un peu frigorifiée enfila un deuxième chandail sous son coupe-vent et des gants de laine en prévision de la traversée. Avec la tempête naissante, la durée du trajet excéderait probablement les cinquante minutes prévues !

L'Île d'Entrée était unique. Dominée par un mont, le Big Hill, cette île, qui était la seule habitée, mais non reliée au reste de l'archipel, offrait des paysages saisissants de buttes et de caps rocheux. Moins de deux cents anglophones d'origine irlandaise et écossaise, des pêcheurs et des agriculteurs pour la plupart, y vivaient dans l'isolement le plus total.

Au grand étonnement de Laura et malgré la tempête, la traversée ne dura pas plus longtemps que prévu. Le capitaine du bateau était sans aucun doute un véritable maître dans l'art de négocier avec ces vagues déchaînées !

La pluie qui se mêlait maintenant au vent et aux embruns donnait au paysage une allure encore plus sauvage.

Lorsque Laura débarqua sur le seul quai du port de l'île, un épais brouillard avait envahi les lieux.

La jeune femme ajusta le capuchon de son coupe-vent et les bretelles de son sac à dos, qu'elle avait recouvert d'un tissu imperméable. Son pantalon en toile était déjà un peu humide. Par chance, elle avait emporté quelques vêtements de rechange et portait d'épaisses chaussettes en laine dans ses chaussures de marche. Tout en se dégourdissant les jambes, elle observait la scène plutôt inusitée qui se déroulait devant elle : une trentaine d'habitants avaient bravé la pluie et s'étaient attroupés près du bateau enfin arrivé, attendant que le capitaine leur distribue des colis de formats variés. Ainsi, une femme portant un jeune enfant blond aux yeux clairs prit possession d'une boîte provenant d'une chaîne de magasins de vêtements, un petit homme chauve à la salopette maculée de boue récupéra un sachet en papier détrempé duquel dépassait une boîte d'aspirine, un gros barbu à la crinière rousse prit les poutres de bois et l'escabeau flambant neuf que lui tendit le capitaine, alors qu'une fille à l'allure un peu vieillotte s'empara joyeusement d'un paquet de lettres.

L'arrivée de ce bateau et de sa cargaison dans l'île constituait de toute évidence un événement quotidien de la plus grande importance ! Laura pensa à la chance qu'elle avait d'habiter une ville où elle pouvait se procurer de tout en tout temps…

Elle marcha le long du quai en direction du village, puis demanda son chemin à une passante.

— Pour rejoindre la maison de miss Mary Andrews, vous devez suivre le chemin Light House jusqu'à la pointe du sud-ouest. Vous verrez, c'est la seule maison dont le jardin n'est pas clôturé, une maison aux volets verts, lui indiqua la dame avec un fort accent anglais.

La jeune femme remercia la dame et se mit en route d'un pas vif. Elle sortit du port et longea le chemin bordé d'habitations coquettes. De paisibles vaches se promenaient sur les routes et entre les maisons clôturées. Le capitaine du bateau lui avait bien recommandé de s'en méfier au détour des chemins, car l'Île d'Entrée était un des seuls endroits au Canada où les animaux de la localité erraient librement dans le pâturage communautaire. Laura n'avait aucune crainte face à ces bêtes paisibles. À vrai dire, elle trouvait cet endroit vraiment exotique. Elle se sentait encore au

Québec et pourtant très loin de chez elle.

Si ses amies la voyaient en ce moment : marchant seule sous cette pluie battante parmi les vaches errantes, sur une île perdue peuplée d'Irlandais et d'Écossais, à la rencontre d'une vieille femme connaissant peut-être l'emplacement d'un trésor du dix-septième siècle ! Laura esquissa un sourire. Elle avait l'habitude des situations extravagantes, mais, à vrai dire, celle-ci la dépassait un peu !

Et ce brouillard qui recouvrait chaque parcelle de l'île !

Après une marche rapide d'une bonne vingtaine de minutes, Laura aperçut enfin la maison de miss Andrews.

La construction aux volets verts était posée sur une butte, telle une maison de poupée. Contrastant avec l'allure proprette de l'habitation, le jardin ne semblait pas entretenu et l'herbe avait été broutée.

Laura aperçut de la lumière à l'intérieur de la maison.

« Chic, il y a quelqu'un », se dit-elle.

Elle se dirigea vers la porte d'entrée sans hésiter et sonna pour signaler sa présence.

Pas de réponse.

Laura sonna une deuxième fois.

Personne ne vint ouvrir.

Elle décida de faire le tour de la maison et frappa à la porte arrière en jetant un coup d'œil par la fenêtre de la cuisine. Une lampe était allumée, mais elle ne voyait personne.

— *May I help you?* (Puis-je vous aider?) hurla-t-on d'un ton peu aimable par la fenêtre de la maison voisine.

La voix fit sursauter Laura, qui se hâta de se présenter, précisant qu'elle cherchait miss Andrews et que c'était urgent.

— J'ai pris le traversier ce matin pour transmettre des renseignements très importants à miss Andrews. Savez-vous où je peux la trouver? demanda-t-elle.

— Attendez-moi un instant, répondit la voisine de façon plus courtoise.

La femme sortit avec empressement de sa maison et s'approcha à grands pas de Laura. Elle semblait terriblement inquiète.

— Je dois vous dire… commença-t-elle dans un français très approximatif. C'est effroyable, mademoiselle: miss Andrews a disparu!

7

LA FERME

Laura tenta de consoler la voisine dont les sanglots timides étaient sincères :

— Calmez-vous, madame. Nous allons la retrouver. Racontez-moi ce qui s'est passé, voulez-vous ?

— Miss Andrews devait venir chez moi, hier soir. Chaque mercredi, nous soupons ensemble et nous jouons au scrabble en buvant un grog. Pas une seule fois en dix-sept ans, elle n'a manqué ce rendez-vous sans me prévenir ! Hier soir, j'ai vu de la lumière chez elle et j'ai pensé qu'elle recevait des invités-surprises. Mais ce matin, très tôt, comme je m'inquiétais, j'ai décidé d'entrer chez elle puisque j'ai le double de ses clefs. Il n'y avait personne. C'est atroce. Je sens qu'il lui est arrivé quelque chose.

— Quand l'avez-vous vue pour la dernière fois ?

— Hier matin, je suis allée chez elle pour convenir de l'heure de notre souper. Elle semblait en pleine forme, répondit la dame qui parvenait mal à cacher son émotion.

— Écoutez, voici ce que nous allons faire : vous allez prévenir la police de la disparition de votre amie, et moi je vais me lancer à sa recherche. Si elle est encore sur l'île, comptez sur moi, nous la retrouverons.

— Elle ne peut pas être ailleurs, mademoiselle ! Je viens de parler avec le capitaine du traversier : il ne l'a pas vue quitter notre île. Et j'ai prévenu la postière responsable du relais ainsi que les policiers de l'archipel. Ils savent que je la cherche, mais ils ne pourront rien faire avant vingt-quatre heures.

— Dans ce cas, ayez confiance. Je vais la retrouver. Avez-vous une idée de l'endroit où elle aurait pu se rendre ?

— Non, aucune. Je ne comprends pas. Elle devrait être chez elle, c'est tout ce que je sais.

— Bon, il n'y a pas une minute à perdre. Je vous préviendrai dès que j'aurai des nouvelles. Je vous demande de rester chez vous au cas où elle vous appellerait, voulez-vous ?

— Bien sûr, dit la voisine à l'intention de Laura qui s'éloignait déjà.

La jeune femme repartit en direction du port. Malgré l'aplomb dont elle venait de témoigner devant cette dame fort inquiète, elle ne se sentait pas du tout rassurée. Était-elle venue trop tard pour sauver la médecin des griffes des rôdeurs de l'Anse aux Sirènes ? Comment allait-elle s'y prendre pour la retrouver ? Une chose était sûre : elle n'avait aucune marge de manœuvre et disposait de très peu de temps. Il fallait qu'elle agisse au plus vite et qu'elle fouille attentivement chaque partie de cette île de huit kilomètres carrés de superficie. En effet, si le sort de miss Andrews était entre les mains des trois individus qui avaient failli la tuer à deux reprises et menacé Pierrot Poirier, Laura ne donnait pas cher de la vie de la vieille femme !

Elle s'arrêta sur le bord du chemin, s'assit à la hâte et déplia sa carte des Îles.

Trop concentrée à concevoir une stratégie de recherche, Laura ne sentait même pas la pluie forte dégouliner dans les manches de son coupe-vent.

« Je vais passer le port et le village au peigne fin. Ensuite, j'irai inspecter les sentiers qui mènent aux falaises. Je dois retrouver cette dame avant la nuit ! » convint-elle.

D'un pas vif, Laura se rendit au port. Plus aucun pêcheur ne s'y trouvait. L'endroit était redevenu désert après le départ du traversier. Elle remarqua un bistrot entre deux vieilles maisons non loin du quai. Elle y entra pour y interroger le tenancier.

— Non, mademoiselle. Je n'ai pas vu miss Andrews, dit-il à la jeune femme en lui offrant une tasse de café.

Laura remercia le commerçant puis arpenta les chemins du village. La pluie n'avait pas cessé, accentuant les odeurs de terre et de bétail qui flottaient dans l'air. La jeune femme marcha un bon moment le long des quelques routes, attentive au moindre détail du paysage. Elle aperçut le phare, l'église anglicane, la pension où elle avait réservé une chambre pour la nuit prochaine, et le musée historique.

C'était le début de l'après-midi. Aucune des personnes rencontrées n'avait vu miss Andrews depuis la veille au matin. Mais Laura n'avait pas croisé grand monde sur son chemin. Il est vrai que la tempête et le temps frais encourageaient à rester chez soi…

Tout en marchant, elle fouina dans son sac à dos et déballa un des sandwichs au fromage qu'elle s'était préparés pour la journée. Il lui fallait manger un peu pour reprendre de l'énergie.

Avant de sortir du village pour rejoindre la campagne, Laura passa devant l'école. Sous un porche, à l'abri des averses, une enseignante surveillait une dizaine d'enfants. Laura l'interrogea à son tour.

— Non, je suis désolée, répondit la femme. J'ignore où se trouve miss Andrews. Nous ne l'avons pas vue aujourd'hui.

— La voyez-vous habituellement?

— Oui, assez souvent. Elle passe par ici lorsqu'elle se rend aux étables.

— Aux étables? reprit Laura, étonnée.

— Oui, cette ancienne médecin se prend parfois pour une vétérinaire ! Elle adore les vaches, vous savez ! lança l'enseignante en riant de bon cœur. Parfois, quand c'est l'heure de la récréation et qu'elle part visiter les fermes, je permets aux écoliers de l'accompagner. Les enfants adorent miss Andrews, vous savez. Vous devriez faire un tour du côté de la ferme des McLean, la première sur le chemin principal. Votre dame pourrait bien s'y trouver.

— C'est une très bonne idée. Merci beaucoup.

Après avoir remonté davantage le bas de son pantalon trempé, Laura prit le chemin principal qui montait vers les champs. Le brouillard l'empêchait de distinguer la montagne et l'orage grondait fort.

« Cette histoire de vache est peut-être un indice important à ne pas négliger », songea-t-elle.

Au bout de quinze minutes, notre marcheuse aperçut la ferme dont lui avait parlé l'enseignante. La construction se détachait de la colline et pointait son toit rouge hors de la brume dense.

Laura frappa à la porte du bâtiment principal. Un homme vint lui ouvrir précipitamment.

— Bonjour, monsieur.

— Oui? répondit l'homme d'un ton pressé.

— Je m'appelle Laura Berger. Je cherche miss Mary Andrews pour lui transmettre un message urgent. On m'a dit qu'elle pourrait se trouver chez vous.

Le son du téléviseur provenant de l'intérieur de la maison avait obligé la jeune femme à parler très fort.

— Si Mary était là, je le saurais! répondit l'homme avec impatience.

— L'auriez-vous aperçue depuis hier matin, par hasard?

— Non.

— Bon, je vous remercie. Pardonnez-moi de vous avoir dérangé, dit Laura.

Un brouhaha intense se fit entendre. De toute évidence, elle avait dérangé le fermier en pleine retransmission d'un match de base-ball d'une importance majeure.

— Allez voir chez les Goodwin, la deuxième ferme en allant vers la montagne, conclut l'homme en refermant la porte brutalement.

Imperturbable dans sa quête, Laura reprit son chemin. Cet homme n'était pas aimable, certes, mais il lui avait paru sincère.

Un peu plus loin, une grande ferme ornait le flanc d'une colline que le brouillard envahissait toujours. Ce devait probablement être celle des Goodwin. Laura remarqua deux granges et des vaches paisiblement couchées.

«Je me doute qu'ici aussi on regarde le match de base-ball, se dit-elle. Je ne dérangerai pas un deuxième fermier grognon aujourd'hui! Je vais aller directement à l'étable pour vérifier si miss Andrews s'y trouve.»

Elle traversa les champs mouillés et s'approcha de l'une des deux granges. Deux vaches intriguées se tournèrent vers elle. Laura décida de pénétrer dans le bâtiment et en ouvrit la large porte de bois. Celle-ci donnait sur une immense pièce encombrée d'outils, de pièces de métal et de bottes de foin.

— L'étable ne se trouve pas ici, conclut Laura en refermant la porte.

La jeune femme sortit du bâtiment et se dirigea vers la seconde grange. Un petit troupeau de vaches et un taureau plutôt musclé bloquaient le passage. Laura allait devoir user de ruse et d'adresse pour contourner le bétail jusqu'à la porte d'entrée sans trop attirer l'attention. Elle fit preuve d'assurance et marcha d'un pas vif en évitant de couper à travers le troupeau.

« Je ne dois surtout pas le regarder fixement » se dit-elle, un peu troublée par la nervosité du taureau.

Laura était enfin à l'entrée de la grange. Quelques mètres seulement la séparaient des bêtes qui, à l'exception du taureau, paraissaient tout à fait inoffensives.

Par bonheur, la large porte de la grange était légèrement entrouverte. Mais Laura perdit vite son enthousiasme lorsqu'elle s'aperçut qu'elle n'ouvrait pas davantage. L'entrée semblait même complètement bloquée !

Le taureau s'était tourné vers elle. De toute évidence, il montrait des signes d'impatience face à l'étrangère qui avait pénétré son territoire.

«C'est bien ma chance!» grommela-t-elle en tâchant toujours de ne pas trop le regarder.

Redoutant l'humeur de la bête, Laura prit vite la poignée de la porte de la grange à deux mains et tira de toutes ses forces. Le geste plutôt brutal parvint à débloquer la porte qui s'ouvrit aussitôt!

Laissant derrière elle le taureau furieux, Laura entra dans la grange. Elle referma délicatement la porte défectueuse en la laissant légèrement entrouverte, pour ne pas risquer de s'enfermer.

L'endroit baignait dans la pénombre et des beuglements accueillirent gentiment la visiteuse.

«Me voici dans l'étable!» se dit la jeune femme avec contentement.

Après avoir secoué ses vêtements détrempés, elle décida d'inspecter les lieux.

Toutefois, elle n'eut pas le temps d'inspecter grand-chose, car au moment où un puissant beuglement se fit entendre un choc violent poussa la porte de la grange qui se referma avec force pour se bloquer de nouveau.

Laura était prisonnière!

8

PRISE AU PIÈGE

Laura n'avait rien vu venir.

Qui avait refermé la porte de la grange? Était-ce le fermier? Étaient-ce les trois bandits de l'Anse aux Sirènes? L'avaient-ils suivie jusqu'ici? Voulaient-ils la neutraliser?

Laura s'approcha du mur en silence et colla son oreille contre les planches de bois. Si quelqu'un était là, elle entendrait quelque chose.

Mais elle n'entendit rien. Du moins, aucune parole, aucun bruit de pas.

Le long souffle grave qui lui parvenait devait être celui du taureau.

La bête avait-elle perdu patience? De mauvaise humeur, elle avait pu donner un furieux coup de sabot en direction de la porte de la grange et la bloquer!

« Bon, miss Andrews ne se trouve pas ici, se dit-elle en regardant autour d'elle. À présent, je dois trouver un moyen de sortir. »

L'étable était un immense pièce rectangulaire avec de minuscules fenêtres. Il n'y avait aucune autre sortie à l'exception de cette lourde porte en bois qui semblait irrémédiablement bloquée. Laura trouva une pelle et deux fourches, mais aucun de ces outils ne l'aida à ouvrir la porte.

« Ah, si j'avais une hache, je pourrais au moins défoncer cette maudite porte coincée », songea-t-elle.

Mais il n'y avait pas de hache dans l'étable. Découragée, Laura s'assit sur une meule de foin.

— Pendant que se joue un match de base-ball qui semble retenir l'attention de tous et que je suis là, à parler toute seule en compagnie de vaches, la vie de miss Andrews est peut-être en grand danger ! s'écria-t-elle avec dépit.

Tout en prononçant ces paroles, elle avait ramassé machinalement un gros caillou qu'elle avait jeté et fait rouler sur le plancher de l'étable.

« Beuhhhhhhhh », lui répondit-on.

Le caillou avait heurté quelque chose.

Une bête se leva, furieuse.

Laura tressaillit. Dans la lumière tamisée se dessinait la silhouette des oreilles pointues d'un petit taureau.

La jeune femme eut d'abord peur. L'avait-elle rendu fou de rage ?

Puis elle se ravisa. Elle venait d'avoir une idée.

Elle pouvait rendre ce taureau furieux et l'attirer vers la porte. Quand elle le sentirait prêt à attaquer, elle s'ôterait de son passage pour le laisser défoncer l'entrée !

Son idée plutôt loufoque lui avait redonné espoir, quoiqu'elle ait conscience du danger qu'elle représentait. Qu'arriverait-il si son stratagème échouait ? Au mieux, elle se retrouverait enfermée dans cette étable en compagnie d'une autre bête furieuse. Au pire... mieux valait ne pas y penser.

Le temps passait et Laura ne pouvait guère hésiter. Elle prit une grande brassée de foin et se mit devant la porte de la grange.

Le jeune taureau se plaça juste en face d'elle, en grattant la terre de ses sabots.

Laura commença à lancer doucement de petites poignées d'herbe coupée sur son museau. À sa grande surprise, la réaction de l'animal ne se fit pas attendre.

Il ne fallut que trois secondes : à la deuxième poignée, le taureau fonça sur Laura qui bondit sur le côté, laissant la bête détruire les planches de la porte de la grange !

Hourra ! Laura n'était plus prisonnière de l'étable !

La jeune femme se glissa rapidement hors du bâtiment en enjambant les débris. Elle examina les alentours. Nulle présence des trois bandits ni du fermier. Puis elle s'éloigna vers les champs alors que les deux taureaux furieux se faisaient face dans la cour de la ferme.

« Oups... Je vais laisser ces deux mâles faire plus ample connaissance ! Je dédommagerai ce monsieur Goodwin pour la porte de sa grange aussitôt que possible », pensa-t-elle avec embarras.

La lumière du jour baissait. Avant de rentrer au village, Laura décida de braver le brouillard pour examiner rapidement les sentiers menant aux falaises et à la montagne. C'était sa dernière chance avant qu'il fasse nuit.

La pluie qui n'avait pas cessé dévalait le chemin transformé en un torrent de boue coulant des collines. Les chaussures de randonnée de Laura avaient perdu leur étanchéité depuis longtemps. La jeune femme sentait flotter ses orteils à l'intérieur de ses épaisses chaussettes de laine gorgées d'eau.

À pas lents et consciencieusement, Laura grimpait le sentier vers la montagne. De la boue, des champs mouillés, des caps rocheux luisants... C'est tout ce qu'elle pouvait voir!

Nulle trace de la vieille dame!

— Miss Andrewwwwwws!!! hurlat-elle dans un ultime sursaut d'espoir.

Seuls le vent et la pluie déchaînée lui répondirent.

Découragée et grelottante, Laura venait de se résoudre à rentrer au village quand, soudain, elle entendit un cri.

Alors que la jeune femme se demandait encore si elle n'avait pas rêvé, le même cri se fit entendre de nouveau!

Un cri lointain provenant du côté des falaises. Une voix de femme, lui semblait-il.

Laura cria de nouveau, de toutes ses forces.

— Miss Andrewwwwwws!!!

Une voix étouffée parvint à ses oreilles engourdies par le froid.

« C'est elle ! » songea-t-elle avec fébrilité.

La jeune marcheuse reprit le chemin de la montagne puis obliqua vers les falaises. Elle devait faire très attention. Par ici, les parois abruptes plongeaient vers la mer sans préavis. Les buttes arrondies cachaient de dangereuses failles dans le sol qui, bien que recouvertes d'herbes, de mousse et de fleurs sauvages, n'en étaient pas moins de véritables tremplins vers les fonds marins.

Dans son ascension, Laura criait de temps à autre le nom de la vieille dame, attendant en retour un cri pour la guider dans l'obscurité maintenant presque totale.

On répondit une fois.

Puis, plus rien.

La voix se tut malgré les appels de la jeune femme épuisée…

«Je ne dois pas abandonner si près du but», se répétait-elle, à bout de forces.

Elle avançait prudemment, mais le brouillard et la pluie rendaient trop aléatoire chacun de ses pas. En fait, elle ne voyait même plus où elle mettait les pieds! Laura devait se rendre à l'évidence: il était beaucoup trop dangereux pour elle de poursuivre ces recherches dans l'obscurité et dans de pareilles conditions météorologiques.

La proximité des grands oiseaux qui tournoyaient entre les pics rocheux au-dessus de la mer lui donnait le vertige. Il fallait à tout prix qu'elle s'éloigne du bord dont elle ne percevait plus trop la limite, et qu'elle trouve un abri au plus vite.

Chose certaine: il lui était impossible de revenir au village. Elle ne dormirait pas dans sa chambre réservée à la pension!

Ce qui comptait, c'était de retrouver miss Andrews vivante, et cette voix entendue dans la montagne lui permettait de croire que la vieille dame ne se trouvait plus très loin d'elle.

Avant de se perdre et de risquer un faux pas, la jeune marcheuse devait rebrousser chemin. Ce qu'elle fit en s'approchant d'une colline plus hospitalière.

Au pied de la butte, Laura trouva par miracle les restes d'une cabane en bois accrochée à l'entrée d'une petite grotte.

«Je vais tenter de dormir ici et demain matin, dès l'aube, je reprendrai mes recherches» se dit-elle.

La jeune femme s'installa tant bien que mal et se changea: son chaud pantalon de gymnastique, son chandail à col roulé et ses chaussettes de laine avaient été étonnamment protégés de la pluie dans son sac à dos. Elle put ainsi se sécher un peu et se réchauffer.

Dans cette cabane près des falaises battues par la pluie, Laura lutta longtemps contre le sommeil. Puis, après avoir englouti le sandwich au fromage qui lui restait et s'être enfouie le plus douillettement possible dans ses vêtements, elle s'assoupit enfin, recroquevillée sur elle-même comme un chaton.

C'est la chaleur des rayons du soleil qui réveilla Laura au fond de son abri de fortune, le lendemain matin. Il devait être encore tôt, mais Laura se leva à la hâte. Après avoir bu une gorgée de jus de fruit et mangé quelques noix, derniers vestiges de son pique-nique, elle reprit ses recherches avec détermination.

« Il n'y a pas une minute à perdre ! Miss Andrews ne doit pas être loin si c'est bien sa voix que j'ai entendue hier soir », pensa-t-elle.

Malgré les conditions difficiles, elle avait dormi et se sentait en pleine forme.

Elle observa attentivement l'Île d'En-trée qui s'offrait sans détours depuis l'endroit où elle se trouvait, près du mont Big Hill. Ce ciel bleu sans nuage lui parut tout à fait inespéré après la tempête de la veille.

Puis, sans attendre davantage, elle lança un cri dans la montagne :

— Miss Andrewwwwwwwws !!! Répondez-moiiiiiiii.......!!!!

L'écho de son appel se fit entendre dans les falaises, déclenchant des cris aigus de goélands.

— Par iciiiiiiiiii......! lui répondit-on faiblement.

Laura se précipita.

À quelques pas de là, au bout du sentier de caillasse qui bordait la falaise, un amas de pierres avait été disposé afin de bloquer l'entrée d'une petite grotte. Entre deux roches, la jeune femme aperçut de longues boucles blanches, puis de grands yeux bleu clair et, enfin, le visage fatigué de la prisonnière, une vieille femme...

— Miss Andrews! s'écria Laura.

9

NOUVEAU DÉPART

Il fallut bien vingt minutes à Laura pour dégager les pierres qui obstruaient l'entrée de la grotte et libérer miss Andrews. La vieille dame s'était presque rendormie tant elle était épuisée.

— Vous êtes une bénédiction… murmura-t-elle péniblement à l'intention de sa bienfaitrice, dont les yeux verts brillaient comme deux émeraudes.

— Je vous en prie, madame, ne parlez pas. Gardez vos forces. Je vais vous ramener chez vous. Appuyez-vous sur moi.

Mary Andrews prit appui sur Laura et se laissa guider.

Il leur fallait descendre le chemin abrupt en évitant les crevasses et rejoindre la route principale après une bonne marche à travers les champs mouillés.

Les deux femmes, que les événements avaient déjà liées d'amitié, avançaient en silence.

Elles discuteraient plus tard.

Ce qui importait avant tout, c'était de retrouver la chaleur de la maison et de reprendre des forces.

Après un retour qui leur parut interminable à travers les sentiers encore glissants et les prés boueux, elles aperçurent enfin la demeure aux jolis volets verts.

Dès qu'elles furent à l'intérieur, Laura se hâta de conduire miss Andrews à sa chambre, près du salon. Elle l'aida à enfiler des vêtements secs, l'installa confortablement dans son lit, puis alluma rapidement un feu dans la cheminée.

— Je vais vous préparer quelque chose à manger, dit la jeune femme. Puis, vous dormirez. Vous devez vous reposer, miss Andrews. Je ne quitterai pas la maison, vous n'avez pas à vous inquiéter. Vous êtes en sécurité ici.

— Mais, vous aussi, vous devez vous reposer, mon petit… déclara la vieille dame sur un ton de gentille réprimande.

— Ne vous en faites pas pour moi, miss Andrews, répondit Laura en s'éloignant vers la cuisine.

La jeune femme trouva ce qu'il lui fallait dans le garde-manger et le réfrigérateur. Elle fit réchauffer une soupe de légumes et prépara une simple mais copieuse omelette généreusement garnie de fromage. Puis, elle apporta le tout ainsi que du lait et des biscottes à sa protégée, qui dévora ce repas bienvenu.

— Maintenant, essayez de dormir, Mary. Je dois prévenir des personnes qui pourraient s'être inquiétées de notre absence. Me permettez-vous d'utiliser votre téléphone? Je crois que mon cellulaire n'a pas supporté l'humidité de cette nuit, il ne fonctionne plus.

— Certainement, ma chère. Faites ici comme chez vous. Vous êtes si gentille de vous occuper de moi ainsi.

— Je vous en prie, c'est tout à fait normal. Reposez-vous. À tout à l'heure, conclut Laura en quittant la chambre.

— Attendez, lança timidement la vieille femme.

— Oui?

— Je ne sais même pas votre nom.

— Laura, Laura Berger.

— Alors, merci de tout mon cœur, ma chère Laura…

Miss Andrews esquissa un sourire, puis sombra dans un sommeil profond.

Au moment où elle sortait de la chambre, laissant la porte entrouverte afin que la chaleur du foyer y pénètre, Laura entendit la sonnerie du téléphone.

C'était la voisine. Elle avait vu de l'activité dans la maison ainsi que de la fumée sortant de la cheminée. Laura la rassura rapidement. Soulagée, la dame proposa aimablement de prévenir la police du retour de miss Andrews.

Laura téléphona ensuite à Pierrot Poirier afin de lui donner des nouvelles. Puis, après avoir parlé à Arthur, elle appela le propriétaire de la ferme Goodwin pour lui parler de la porte de la grange qu'elle avait fait enfoncer par le taureau furieux… Le fermier se montra très aimable, il remercia même la jeune femme pour son appel, mais il refusa tout dédommagement, mentionnant que cette porte était en très mauvais état et que ce serait justement l'occasion d'en changer.

L'esprit un peu plus tranquille, Laura ajouta des bûches dans la cheminée, puis s'installa dans un fauteuil du salon, près de la porte de la chambre où miss Andrews dormait profondément. Il était à peine midi.

La jeune femme tentait de se remémorer les événements des derniers jours. Elle pensait aux trois agresseurs de Pierrot Poirier. Était-ce ces mêmes individus qui avaient osé enfermer une dame âgée au fond d'une grotte? Quoi qu'il en soit, cet acte était lamentable! Ces trois brigands devaient être déterminés et plus que redoutables…

« Ces êtres sont vraiment odieux! se dit Laura. Pourvu qu'ils ne reviennent pas!»

Devait-elle appeler la police maintenant? Ou cela risquait-il de mettre davantage en péril la vie de Mary Andrews? Elle ne savait que faire. Laura songeait encore à chacune des questions qu'elle désirait poser à la vielle femme lorsqu'elle s'écroula de sommeil, le nez dans les coussins moelleux du fauteuil.

C'est une forte odeur de chocolat fondu qui la réveilla, quelques heures plus tard.

— Je suis désolée! Mes bruits de cuisine vous ont sortie du sommeil!

Miss Andrews observait sa jeune invitée qui se dégageait du gros lainage dont elle l'avait recouverte durant sa sieste.

Le visage de la dame était fendu d'un charmant sourire. Ses beaux cheveux blancs bouclés ramenés en un élégant chignon, elle portait un immense tablier jaune et rouge coquelicot.

— Vous n'avez pas beaucoup dormi, la gronda gentiment Laura en se frottant les yeux.

— Cinq bonnes heures, tout de même, ma chère! Et je me sens en pleine forme! Je voulais vous faire un souper et un bon gâteau, une bien piètre compensation pour tout ce que vous avez fait pour moi, dit Mary en fouettant de la crème au fond d'un bol épais.

— Vous êtes tout à fait étonnante, Mary. À vous voir, personne ne pourrait se douter que vous avez passé la nuit dans une grotte! Êtes-vous sûre que c'est bien raisonnable?

— Allons, allons! coupa miss Andrews. C'est moi qui suis docteure! Et puis, nous avons beaucoup de choses à nous dire. Ne perdons pas de temps.

— D'accord, répondit Laura en lui adressant un large sourire. Je vais juste faire un brin de toilette, si vous le permettez.

— Certainement, ma belle. Je vous ai réservé deux grandes serviettes toutes propres ainsi qu'un pyjama bien chaud. Vous resterez ici cette nuit, n'est-ce pas?

— C'est d'accord. Merci, Mary, dit la jeune femme qui n'en revenait pas encore d'avoir dormi si longtemps en pleine journée.

Après une douche régénératrice, Laura rejoignit miss Andrews dans la cuisine. Elle aida son hôtesse aux derniers préparatifs du souper et partagea avec elle un excellent repas composé de poisson, de chou et de pommes de terre.

Au moment du dessert, un succulent gâteau fondant au chocolat accompagné de crème anglaise, Mary s'adressa à Laura.

— Maintenant, vous devez m'expliquer comment, et même pourquoi, vous m'avez retrouvée dans cette grotte, près de la falaise.

— Eh bien, voici, dit Laura après avoir bu une gorgée de thé brûlant. Il y a quelques jours, alors que mon contrat de monitrice au centre nautique prenait fin, je suis allée me baigner dans l'Anse aux Sirènes. À deux reprises, un canot à moteur a failli me heurter. J'ai découvert que ses passagers étaient peut-être liés à des activités de pillage d'épaves, et qu'ils cherchaient des renseignements sur le *Lucy-Jane*… J'ai appris par la suite que votre ami de la pointe Old Harry, Pierrot Poirier, avait été agressé et menacé par ces mêmes individus louches. Ils lui ont soutiré des aveux. Le pauvre homme m'a confié que votre vie était en danger. Je suis partie à votre recherche aussitôt que je l'ai pu.

— Pauvre Pierrot, murmura Mary Andrews en portant une main à sa bouche. Je ne saurai jamais comment vous remercier, Laura. J'ai véritablement cru que je finirais mes jours dans cette grotte maudite !

— Je dois vous avouer que j'ai eu très peur de ne pas vous retrouver à temps.

Pouvez-vous m'expliquer ce qui s'est passé au juste?

— Trois individus, un grand homme aux cheveux noirs, un petit avec une moustache disgracieuse et une blonde maigrichonne, sont venus chez moi avant-hier soir, alors que je me préparais à me rendre chez mon amie Léa, ma voisine. Chaque mercredi, nous soupons ensemble... Ces trois brutes en quête de richesses m'ont molestée puis enfermée avec eux dans le sous-sol de la maison. Ils m'ont posé tout un tas de questions au sujet du naufrage du *Lucy-Jane* et de son fabuleux trésor. Au petit matin, ils m'ont emmenée jusqu'à cette grotte dans la montagne, me laissant seule avec une couverture et un sachet de noix. À la nuit tombante, j'ai entendu votre voix qui m'appelait et j'ai repris espoir d'être sauvée... La suite, vous la connaissez, ma chère enfant...

La vieille dame, les yeux pleins de larmes, se moucha délicatement puis remplit de nouveau les deux tasses de thé chaud.

— Ces trois personnes ont fait preuve d'une grande méchanceté. Elles m'ont arraché des aveux que je n'aurais jamais dû faire.

— Mary, je peux peut-être vous aider, dit Laura en prenant chaleureusement les mains de miss Andrews dans les siennes. Mais pour cela, je dois tout savoir. Qu'avez-vous avoué à ces individus? Êtes-vous encore en danger?

— Non, je ne suis pas directement en danger. Mais je sais que vous pouvez m'aider. Je n'y arriverai pas toute seule…

— Expliquez-moi, je n'y comprends rien!

— Voilà. Je suis une parente éloignée du médecin qui accompagnait le capitaine Charles O'Fox durant son périple sur le *Lucy-Jane*, ce navire qui a fait naufrage en 1690 dans l'Anse aux Sirènes, que vous connaissez.

— Hein???!!! s'exclama Laura.

— Oui. J'ai un oncle, qui a aujourd'hui près de quatre-vingt-quatorze ans, et qui habite en Nouvelle-Angleterre, sur une presqu'île sauvage de Penobscot Bay. Son nom est John Bricks. Le frère aîné de son arrière-arrière-arrière-grand-père était précisément Lewis Stewmore, le jeune médecin chargé des soins sur le *Lucy-*

Jane. Ce bateau aurait transporté un trésor. En quoi consistait-il, je n'en ai pas la moindre idée. Mon oncle m'a dit un jour détenir des indices formels concernant cette histoire d'épave. Je ne sais pas si c'est vrai. C'est un homme plutôt bourru avec lequel la famille s'est toujours disputée. Moi, je l'ai toujours adoré et laissé en paix avec cette affaire de trésor. C'est peut-être pourquoi nous nous entendons si bien, d'ailleurs… Bref, maintenant que j'ai avoué son existence à ces trois criminels, je crains fort pour sa vie ! Vous comprenez, ils m'ont fait si mal et si peur, que pouvais-je faire ?

— Vous ne pouviez pas faire autrement, Mary. Ne vous en voulez pas, déclara Laura, chagrinée par la détresse de la vieille femme.

— À soixante-douze ans, on n'a pas beaucoup de résistance. Je n'ai eu la force ni de me taire ni de me défendre. J'ai essayé de donner le moins de détails possible lorsque j'ai dû décrire l'emplacement de la maison du vieux John. Je leur ai indiqué la mauvaise ville, ils ont eu l'air de me croire, mais c'est tout ce que j'ai réussi à faire.

— C'est déjà formidable d'y avoir pensé, Mary. Cela va donner à votre oncle le temps de s'enfuir et d'aviser la police.

— Justement, voici mon problème. Il est à peu près impossible de le joindre : il n'a pas le téléphone et il ne répond jamais aux messages qu'on lui laisse au village. Je dois absolument aller le prévenir que des individus vont venir l'importuner avec cette histoire de trésor. La situation est grave, Laura.

— En effet, acquiesça la jeune femme, bouleversée.

— Par contre, j'ai eu une idée pendant que vous dormiez et que je préparais ce gâteau : accompagnez-moi en Nouvelle-Angleterre !

10

LA BAIE DE PENOBSCOT

L'intense regard bleu clair de miss Andrews ne se détachait pas de Laura. Ses yeux semblaient supplier la jeune femme.

— Accompagnez-moi, je vous en prie, Laura! Je n'y arriverai pas toute seule. Juste quelques jours! Je paierai tous vos frais, bien entendu! Et je ne manque pas d'argent, vous savez. Nous pourrions prendre l'avion dès demain soir pour Saint John, au Nouveau-Brunswick, puis louer une voiture pour le reste du voyage. Je vous dédommagerai pour absolument tout.

Laura réfléchissait.

Cela faisait deux fois que trois bandits s'en prenaient à des personnes sans défense et qu'elle arrivait trop tard sur les lieux: d'abord Pierrot Poirier, qu'on avait menacé, puis miss Andrews, qu'on avait séquestrée sans égards! Non, cette fois, les rôdeurs de l'Anse aux Sirènes ne toucheraient pas un cheveu de ce vieux John!

Et puis, il lui restait deux semaines de vacances, et elle ne pouvait pas laisser cette dame toute seule face à ces crapules. Elle n'hésita pas longtemps.

— C'est d'accord, j'accepte, dit-elle.

— Oh, merci! Vous êtes un amour! s'exclama miss Andrews en sautant au cou de Laura pour l'embrasser. Je suis sûre que mon aïeul est en grand danger. À son âge, il ne saurait résister à la violence de ces voleurs de trésor. Il mène une vie si retirée que j'ai bien peur d'être la seule à m'apercevoir de son absence s'il venait à disparaître. Vous êtes un ange d'accepter de m'accompagner!

— Je suis heureuse de pouvoir le faire, Mary, et de ne pas vous laisser seule dans cette situation. Je n'aurai qu'à retourner chez moi, à Québec, depuis la Nouvelle-Angleterre.

Le lendemain matin, les deux femmes prirent le traversier et quittèrent l'Île d'Entrée.

Elles décidèrent que miss Andrews ferait des emplettes au village pendant que Laura se rendrait à l'école de voile afin de préparer son sac de voyage et de saluer rapidement tous ses amis madelinots.

Après avoir plié et rangé ses affaires, puis fait un petit ménage du chalet qu'elle avait occupé durant près d'un mois, Laura appela ses parents de la cabine téléphonique. Son téléphone cellulaire était de nouveau fonctionnel, mais étant donné les frais encourus pour son usage, elle ne s'en servait que pour les appels d'extrême urgence.

— *Sois très prudente, ma chérie*, lui dit sa mère en apprenant ses nouveaux projets de voyage. *J'espère que cette histoire mystérieuse ne te fera pas courir de trop grands risques, tout de même! Nous t'embrassons fort!*

Puis Laura téléphona à ses amies. Comme tous les samedis matins depuis le début de l'été, Line et Audrey devaient s'être retrouvées chez Cathy pour le petit déjeuner. Ce fut la charmante et joyeuse voix aiguë de cette dernière qui répondit à son appel.

— *Oh, Laura! Comme c'est gentil de nous appeler! Nous pensions justement à toi. Que devient notre chère monitrice de voile?*

— Je vais bien, merci. Je pense souvent à vous, moi aussi. Je crois que les Îles-de-la-Madeleine vous enchanteraient et j'espère vous les faire découvrir un jour! Comment allez-vous?

— *Nous sommes en pleine forme. Surtout que nous avons toutes les trois terminé nos emplois d'été!*

— Génial! Justement, si vous en aviez envie, vous pourriez me rejoindre en Nouvelle-Angleterre.

— *En Nouvelle-Angleterre? Que fais-tu là-bas?* demanda Cathy, au comble de la surprise.

— Je n'y suis pas encore. Mais une affaire m'oblige à y faire un tour. D'ailleurs, j'aurai peut-être besoin de vous...

— *Une affaire?* reprit Cathy avec exaltation. *Te serais-tu transformée en chef d'entreprise ou en détective, par hasard?*

— En détective, si on peut dire, convint Laura avec modestie. C'est une histoire dangereuse, mais qui vous passionnera, je crois. Il s'agit d'un trésor perdu lors du naufrage d'un navire au dix-septième siècle. Des malfaiteurs sont à sa recherche.

— *Quoi ?* s'exclama son amie, qui n'en croyait pas ses oreilles.

Laura entendit le gloussement de ses trois camarades réunies autour du téléphone dont Cathy avait branché le haut-parleur.

— Je vous raconterai tous les détails si vous venez, reprit-elle.

— *Et où pouvons-nous nous retrouver, Laura ?* demanda Audrey, surexcitée.

— Super, je savais que vous viendriez ! Donnons-nous rendez-vous dans deux jours, si ça vous va, lundi en après-midi, au terminus d'autobus de la ville de Bangor, dans le Maine. Je ne sais pas exactement où nous serons, mais je pourrai aller vous y chercher.

— *Parfait, on sera là ! C'est à environ six heures de route au sud de Québec, je connais ce trajet d'autobus,* précisa Audrey.

— *Tu as dit* nous, Laura... *Tu ne seras donc pas seule ?* demanda Line.

— Non, j'accompagne une dame qui doit rejoindre d'urgence un parent, répondit Laura.

— *Que de mystères !* s'extasia Line, visiblement très impressionnée. *Comme nous avons hâte de te revoir ! C'est plutôt ennuyeux ici sans toi.*

— *Hé, merci !* s'indignèrent en chœur Cathy et Audrey dans un éclat de rire.

— Allons, allons, dit Laura en riant à son tour. Au revoir, mes belles. Et à bientôt !

— *À très bientôt, Laura. Nous t'embrassons !* conclut Cathy.

Cathy, Line et Audrey étaient les trois meilleures amies de Laura. Tout comme elle, elles adoraient les histoires mystérieuses. Laura appréciait énormément leur belle humeur et leur dynamisme. Nul doute que, dans cette affaire de pilleurs d'épaves, la compagnie de ces trois jeunes femmes intelligentes lui serait non seulement très agréable, mais également d'une grande utilité.

Laura et miss Andrews déjeunèrent à l'aéroport des Îles en compagnie d'Arthur venu les y conduire. Le gentil barbu embrassa les deux voyageuses qui s'apprêtaient à monter dans l'avion.

— Bonne chance ! Soyez prudentes, surtout ! Et reviens vite nous voir, Laura !

La jeune Québécoise eut un pincement au cœur lorsqu'elle aperçut de nouveau Menogoesenog par le hublot, cet archipel posé sur la mer avec élégance, dont elle avait bravé les vagues et sillonné les routes et les sentiers... Elle avait déjà hâte d'y revenir !

Il faisait nuit lorsque Laura et miss Andrews arrivèrent à Saint John. À peine une heure après l'atterrissage de leur avion, elles prenaient possession de leur grande et charmante chambre dans le gîte touristique où la vieille dame avait coutume de loger lors de ses passages en ville.

Saint John était la plus grande agglomération du Nouveau-Brunswick. Elle était située près de l'océan Atlantique et à l'embouchure d'une rivière tortueuse qui, dès 1630, en avait fait un comptoir important pour le commerce des fourrures. L'auberge se trouvait non loin de la fameuse Loyalist House, l'une des rares maisons à avoir échappé à l'incendie de 1877 qui avait détruit la moitié de la ville.

Laura contemplait avec amusement le décor géorgien de la chambre formée de deux pièces séparées par d'élégantes arches.

— Cet endroit surchargé de dentelles doit paraître plutôt luxueux à une habituée des grottes humides ! lança-t-elle à miss Andrews, une lueur complice dans le regard.

— Je vous retourne la remarque, Laura ! répondit Mary en éclatant de rire.

Les deux femmes s'endormirent aussitôt que la lampe aux froufrous roses fut éteinte.

Au matin, après une nuit d'un excellent sommeil et un copieux petit déjeuner composé de café, d'œufs, de fromage et de gâteau de maïs, Laura et miss Andrews commençaient un périple qui allait les mener par la route littorale de Saint John à la baie de Penobscot, dans le Maine.

La jeune femme s'était proposée pour conduire la voiture de location, ce que Mary avait accepté avec empressement.

Un trajet de près de trois cents kilomètres les séparait de la maison de John Bricks, l'oncle de Mary dont la vie était peut-être en danger.

Partant vers l'ouest, elles suivirent d'abord la route panoramique de la baie de Fundy plongée dans le brouillard. Cette superbe baie, connue pour son parc national et ses villages de pêcheurs, était bordée de longues plages, de falaises roses et de collines boisées.

— Je suis souvent venue me promener ici, notamment pour observer les phoques réunis sur les îles au large des côtes, expliqua miss Andrews.

— Je sais que vous aimez beaucoup les animaux, Mary, dit Laura sur un ton gentiment moqueur. L'enseignante de l'Île d'Entrée m'a confié que vous aviez l'habitude de rendre visite aux bêtes de ferme ! Et j'ai pu constater par moi-même que votre jardin servait de pâturage aux vaches en liberté.

— On ne peut rien vous cacher, jeune fille, répondit miss Andrews dans un éclat de rire.

Laura raconta sa mésaventure avec les deux taureaux de la ferme Goodwin.

L'anecdote amusa tant Mary qu'elle faillit s'étouffer !

— Mon Dieu ! Que de problèmes je vous ai posés ! dit-elle aussitôt qu'elle eut retrouvé son souffle.

— Je vous rassure tout de suite, précisa Laura. J'ai eu moins peur face à ces deux bêtes en furie qu'à la ferme des McLean quand j'ai dérangé le fermier en train de regarder son match de base-ball à la télé !

— Maudit base-ball !

La spontanéité de la remarque de Mary fit s'esclaffer de nouveau les deux femmes.

Il n'était pas encore treize heures lorsque les voyageuses traversèrent la ville de Saint Stephen qui marquait la frontière entre le Canada et les États-Unis. Laura et miss Andrews déjeunèrent rapidement d'une soupe de palourdes sur une terrasse ombragée au bord de la mer.

— Je vous propose de faire le trajet restant d'une traite, suggéra Laura en offrant à sa compagne un gros biscuit aux pépites de chocolat. À mon avis, dans deux heures tout au plus, nous devrions apercevoir la baie de Penobscot, où se trouve la maison de votre oncle.

— Excellente idée! Ne nous arrêtons plus maintenant. Pourvu que nous n'arrivions pas trop tard chez le vieux John...

Laura conduisait prudemment. Détentrice de son permis depuis l'âge de seize ans, elle avait déjà parcouru plusieurs milliers de kilomètres.

Cette route numéro 1 suivait le littoral atlantique de l'État américain du Maine. Les villages, leurs habitants, les ports, les baies et les criques... tout semblait si différent du Canada! Était-ce l'architecture coloniale ou les jardins trop coquets? Ou bien encore le bleu vif des rivières, la blancheur du sable ou celle des coques sillonnant la mer? Laura n'aurait pas su le dire... Une chose était certaine: cette région était d'une grande beauté.

La conductrice jeta un œil sur sa passagère qui s'était paisiblement endormie.

«J'ai hâte d'arriver chez John Bricks et de m'assurer que tout va bien», pensa-t-elle.

La côte rocheuse était extrêmement découpée dans cette région. Un panneau annonçait l'Acadian National Park, ce parc aux nombreux sentiers dont Laura avait tant entendu parler. C'est dans ce paradis sauvage de forêts, de granite rose, de plages et d'eaux aux couleurs de l'émeraude, que ses parents, adeptes de la marche alors peu fortunés, avaient fait leur voyage de noces plusieurs années après leur mariage. Laura ne manquerait pas de leur dire qu'elle était passée tout près.

Elle devrait bientôt réveiller miss Andrews, car la baie de Penobscot n'était plus très loin et elle ne connaissait pas l'adresse précise de John Bricks.

Comme si elle l'avait entendue dans son sommeil, Mary se réveilla.

— Ma chère et si gentille Laura ! dit-elle en se redressant sur son siège. Où sommes-nous à présent ?

— Nous approchons, Mary. Nous arrivons à Blue Hill, l'endroit même où vous m'aviez avisée d'une bifurcation importante à ne pas manquer.

— Oh, comme je suis heureuse ! Nous voici bientôt à destination. Oui, il faut prendre la route en impasse en direction du sud, vers Deer Isle.

À travers des champs de myrtilles et entre les maisons à bardeaux blancs, Laura repéra la voie à suivre.

« Quel endroit sauvage ! » songea-t-elle en découvrant le dédale de criques, de petites baies et d'îles boisées et rocheuses.

Une vue magnifique de la baie de Penobscot s'offrit aux deux voyageuses alors que leur voiture franchissait le pont suspendu menant à Deer Isle. Le paysage n'était qu'une succession d'îlots reliés par des digues. Beaucoup d'entre eux ne semblaient habités que par des phoques, des macareux et de grands cormorans.

— Par ici ! lança soudain miss Andrews en désignant sur leur droite une allée herbeuse qui partait entre les arbres vers une minuscule crique.

Laura s'engagea sur le sentier.

Elles passèrent devant une première maison toute blanche blottie dans les arbres.

— Ce n'est pas celle-ci, précisa Mary avec anxiété.

Puis, au bout du chemin, les deux femmes aperçurent enfin la propriété du vieux John, un immense terrain bordé d'un côté par la forêt, de l'autre par l'océan. Une belle terrasse de bois reliait le rivage à la demeure, grand chalet de pin clair, dont l'intérieur semblait ravagé... par les flammes!

11

LE VIEUX JOHN

Le cœur des deux voyageuses cessa de battre un moment.

Une forte angoisse s'empara de Laura.

Que signifiaient ces longs reflets rouges qui semblaient jaillir des fenêtres de la maison ? Celle-ci était-elle la proie d'un incendie ?

Les trois bandits de l'Anse aux Sirènes, ceux qui avaient agressé Pierrot Poirier et séquestré miss Andrews sur l'Île d'Entrée, étaient-ils parvenus avant elles chez John Bricks ? Elles pouvaient craindre le pire…

— *My God !* (Mon Dieu !) Mais qu'est-ce qui se passe ? bredouilla Mary, effarée par la vision de la flambée qui semblait dévorer l'intérieur du logis.

Laura gara rapidement la voiture le long du chalet et se précipita vers la porte sans même attendre que miss Andrews descende du véhicule à son tour.

Elle ne prit pas le temps de tourner la poignée et enfonça la porte d'un coup sec et violent qui brisa la planche en quatre morceaux.

— *Who are you? And what are you doing here?* (Qui êtes-vous? Que faites-vous ici?) s'exclama le vieux John en voyant surgir la jeune femme dans son salon.

— Je... je suis désolée... je... je croyais que...

Le vieil homme était occupé à faire griller des châtaignes sur un feu qu'il ne parvenait pas à contenir dans la cheminée. De longues flammes s'échappaient de toutes parts.

— Alors, mon vieux John! Tu mets le feu à ta demeure pour déguster quelques marrons? lança joyeusement en anglais miss Andrews qui faisait à son tour irruption dans le salon, en évitant les débris de la porte que Laura venait d'enfoncer.

— Mary! s'exclama John Bricks en la dévisageant.

— Tu nous as fait une peur bleue !
Sacré vieux farceur !

— Ma petite Mary ! dit le vieil homme
qui parlait maintenant français, qu'il
avait appris très jeune, avec un délicieux
accent anglais.

Mary enlaça chaleureusement son
oncle dont les yeux brillaient d'émotion.
Pendant ces touchantes retrouvailles,
Laura s'était dépêchée de contenir les
hautes flammes qui léchaient le tapis du
salon. Elle avait empoigné un pic,
poussé les bûches récalcitrantes, sorti les
marrons du feu, refermé la grille, puis
balayé les débris du début d'incendie.

Ouf ! Le feu ne s'était pas propagé. Il y
avait eu plus de peur que de mal !

À présent, assise sur le bout d'un
fauteuil, elle contemplait les dégâts de la
porte d'entrée.

— Mon cher John, dit une miss
Andrews radieuse, je te présente Laura
Berger, une jeune amie de Québec qui
m'est très chère. C'est une spécialiste du
sauvetage des vieilles personnes, de
l'enfoncement des portes et des histoires
compliquées qui nécessitent un flair
d'exception !

— Oh, mais je suis ravi! s'empressa de répondre John Bricks en embrassant la jeune femme, que la présentation de Mary avait fait pouffer de rire. Et je vous remercie pour cette intervention rapide, chère Laura! La dernière fois que j'ai failli déclencher un incendie remonte au jour où j'ai voulu faire rôtir un poulet dans ma cheminée. La sale bête a roulé hors de l'âtre pour graisser mon tapis... Mais aucune charmante brunette aux beaux yeux verts n'est venue me porter secours, cette fois-là! Et j'ai dû lancer des seaux d'eau dans mon salon. Un vrai désastre!

— Pourquoi n'utilises-tu pas ton four, John? Tu sais, ce cube blanc dans ta cuisine... railla miss Andrews.

— Peux-tu me dire à quoi sert cette fichue cheminée si on ne peut pas y faire cuire son repas? se défendit le vieil homme. Ne vous en faites surtout pas, Laura. J'aime les gens qui ont du caractère, et puis, moi non plus, je ne supportais pas cette porte! J'en ai une deuxième, plus robuste, que j'installe chaque année pour l'hiver. Posons-la tout de suite!

Laura, que le commentaire du vieil homme fit bien rire, s'excusa avec sincérité. Puis, elle oublia sa gêne pour l'aider à installer la deuxième porte d'entrée. Il lui fallut un vieux marteau et beaucoup de patience pour y parvenir! Après avoir passé de nouveau un coup de balai dans le salon, Laura déchargea enfin les valises de la voiture.

— Laissez-moi vous montrer vos chambres, mes chères! Je suis si heureux de recevoir deux aussi belles invitées!

John Bricks s'engagea dans l'escalier de bois d'un pas remarquablement vif pour un homme de quatre-vingt-treize ans.

«Ce vieux John n'a rien d'un ermite bourru», pensa Laura.

Elle avait tout de suite été séduite par la gentillesse de ce personnage grand et maigre, à la barbe blanche. Ses yeux en fines amandes du même bleu clair que ceux de Mary lui donnaient un air particulièrement rieur.

— Je suis vraiment désolée, monsieur Bricks. J'aurais aimé faire votre connaissance autrement qu'en brisant votre porte, s'excusa-t-elle de nouveau.

— Voyons, c'est une merveilleuse entrée en matière, au contraire! Et puis, vous m'avez sauvé des flammes, ne l'oubliez pas! Appelez-moi John, s'il vous plaît, et non monsieur Bricks. À mon âge, on ne se relève plus des courbettes. D'autant que mon prénom est la seule chose dont je me souvienne à peu près à tous coups!

— D'accord, John! répondit Laura en riant.

La soirée s'annonçait très agréable. John et miss Andrews, fort heureux de s'être retrouvés après une année où ils ne s'étaient échangé que quelques lettres, conversèrent gaiement de tout et de rien. Laura s'était tout de suite proposée pour aller faire des courses au bourg le plus proche et préparer un repas simple. Elle avait cuisiné pendant une petite heure, puis disposé les plats sur la longue table en pin clair avant de convier joyeusement ses amis à s'approcher.

— Crème de poireaux, côtelettes accompagnées de riz et de légumes, et pommes au four en dessert! Ça vous plaît?

— Mais… mais c'est un véritable festin! s'exclama le vieux John, émerveillé de voir que cette jeune femme s'était aussi vite emparée de sa cuisine…

— Comme c'est gentil! dit miss Andrews. J'ai une faim de loup!

Dans une chaleureuse ambiance de retrouvailles, Laura, Mary et le vieil oncle mangèrent avec appétit. C'est au moment où John servit un verre d'armagnac à ses deux invitées confortablement installées dans son salon que miss Andrews aborda le sujet qui l'amenait. Elle prit un ton grave.

— Mon cher John, commença-t-elle, nous devons t'entretenir d'un sujet très préoccupant. Si j'ai devancé de plusieurs mois ma visite chez toi et si Laura m'a accompagnée dans ce voyage, ce n'est pas par hasard…

— Je m'en doutais un peu, répondit le vieil homme sans hésiter. Peut-être en raison de la frayeur qui se lisait dans vos yeux lorsque vous avez surgi à travers la porte, Laura… Je vous écoute.

Mary Andrews raconta en détail les événements des derniers jours: les incidents dont Laura avait été victime lors de ses plongées dans l'Anse aux Sirènes, les menaces et l'agression à l'endroit de Pierrot Poirier, les péripéties de la vieille dame sur l'Île d'Entrée, où elle avait été emprisonnée dans une grotte, la façon dont la jeune femme l'en avait délivrée. Elle parla aussi de ces trois personnages suspects et dangereux qui tenteraient probablement de s'en prendre à John pour faire avancer leur recherche de l'épave du *Lucy-Jane* et de son trésor…

Le vieil homme restait silencieux. Ces confidences semblaient l'avoir plongé dans un état de colère et d'anxiété tout à la fois.

— Nous sommes venues pour nous assurer que ces individus ne s'en prendront pas à toi, John. Et nous resterons ici quelques jours, si tu veux bien, acheva Mary Andrews en trempant ses lèvres dans l'armagnac.

Elle avait agi avec doigté. Il ne fallait pas brusquer John Bricks.

Sensible à la tension de l'atmosphère, Laura eut une idée. Elle se leva, monta dans sa chambre et en redescendit avec son sac à dos en toile d'où elle sortit le coffret de bois, fruit de sa pêche dans l'Anse aux Sirènes. Elle le tendit à John.

— Voici un petit cadeau, lui dit-elle avec douceur. Ce n'est pas grand-chose, mais j'ai pensé que cela pourrait vous faire plaisir. Au cours de mes plongées dans l'Anse aux Sirènes, j'ai repêché ce coffre. Il n'est pas très ancien : il daterait tout au plus du début du vingtième siècle, selon un ami archéologue qui m'a autorisée à le conserver. Il se pourrait que le *Lucy-Jane* ait transporté des coffrets de ce type… Je veux vous l'offrir puisqu'il provient de la baie où aurait fait naufrage le navire à bord duquel se trouvait un de vos ancêtres. C'est un modeste souvenir de ce lieu.

— Comme vous êtes gentille, dit le vieil homme, très ému. Quel merveilleux présent. Merci infiniment !

Le grand barbu embrassa Laura et la serra dans ses bras. Cette délicate attention l'avait radouci…

— Je ne sais pas ce que tu sais de cette histoire d'épave, John, reprit miss Andrews, visiblement touchée par le geste de Laura. Mais sache que nous ne sommes pas venues t'ennuyer avec cette affaire. C'est pour te protéger que nous sommes là. Et, en fait, nous aimerions que tu préviennes la police et que tu les informes des dangers que...

— Je ne connais pas l'emplacement exact de cette épave! coupa le vieux John d'un ton sec. Elle est au fond des eaux, probablement dans l'anse, enfouie sous différentes couches d'épaves plus récentes. Ce qu'il faut retrouver, c'est le trésor de Charles O'Fox et de Lewis Stewmore avant que ces vauriens ne s'en emparent!

12

L'ÉNIGME

Laura et miss Andrews ouvrirent grand les yeux.

Avaient-elles bien compris les propos du vieux John?

Ce qu'il faut retrouver, c'est le trésor de Charles O'Fox et de Lewis Stewmore…

Elles ne s'attendaient certes pas à une telle confidence de la part du vieil homme!

Impatiente, mais n'osant pas intervenir, Laura termina d'un seul trait son verre d'alcool fort.

— Je crois que ce trésor est enterré dans un des ports de la côte, reprit John Bricks à voix basse devant ses invitées stupéfaites.

Le grand homme à la barbe blanche poussa un profond soupir. Il alluma une magnifique pipe en bois sculpté, se cala davantage dans son fauteuil et poursuivit lentement la narration de cette intrigante histoire…

— En Europe, au printemps de l'an 1689, la guerre fut déclarée entre la France et plusieurs pays regroupés sous le nom de Ligue d'Augsbourg et dirigés par l'Angleterre. Sur le territoire des Amériques, la France voulut mener une attaque d'envergure contre les colonies anglaises. Pour combattre la Nouvelle-Angleterre, elle y envoya en 1690 les troupes du comte de Frontenac, représentant de Louis XIV en Nouvelle-France. Ces troupes détruisirent des villages, tuèrent des habitants et firent des prisonniers. Les Bostonnais, sous le choc de ces attaques, réclamèrent la destruction de Québec et y envoyèrent, en guise de représailles, une flotte d'une trentaine de bateaux. Le *Lucy-Jane* fut l'un des trente-deux navires partis de Boston pour assiéger Québec en 1690. Le vaisseau transportait des miliciens, des denrées alimentaires et un médecin.

Le vieux John interrompit son récit pour remplir de nouveau les trois godets d'un fond d'armagnac.

— Le capitaine du *Lucy-Jane*, Charles O'Fox, était le fils d'une modeste famille, poursuivit-il. Il fut engagé comme apprenti par un constructeur de navires, puis travailla dans plusieurs chantiers maritimes à Boston. En 1690, il fut désigné comme capitaine du *Lucy-Jane* et dut accompagner l'escadre dirigée contre Québec. Charles O'Fox embarqua à son bord un ami, un jeune médecin, Lewis Stewmore, le frère aîné de mon arrière-arrière-arrière-grand-père. Lewis avait alors vingt-neuf ans et vivait à Boston. Sa vie, dont il subsiste très peu de traces, demeure un mystère. On sait que sa mère Gloria était blanchisseuse, qu'elle avait seize ans à la naissance de Stewmore et qu'elle eut un deuxième fils en 1692. Ce frère que Lewis n'eut pas le temps de connaître deviendrait mon arrière-arrière-arrière-grand-père. Le nom de Stewmore est mentionné dans le journal du capitaine O'Fox, dont on a retrouvé des pages chez lui, à Boston. Plusieurs lignes témoignent de l'amitié des deux hommes et du courage de Lewis. Il semblerait d'ailleurs que tous deux aient été liés par quelque action secrète…

Le vieil homme se leva de son fauteuil pour ajouter des bûches dans l'âtre. Il revint s'asseoir près de ses invitées attentives et silencieuses. Il prit une gorgée d'alcool et continua son récit.

— Je ne sais pas grand-chose de mon aïeul. Il aurait accompli des actes héroïques dont je ne connais pas la nature.

John tira sur sa pipe et laissa divaguer son esprit par la fenêtre du salon pendant un bon moment. Sur l'océan teinté du soleil rose, de longs voiliers profitaient des dernières heures du soir, tels de grands oiseaux blancs et libres.

Le regard du vieil homme redevint présent et, d'une voix encore plus basse, il ajouta :

— Toujours est-il que des témoignages certifient qu'à bord de leur vaisseau, au départ de Boston en ce jour de 1690, Charles O'Fox et Lewis Stewmore avaient en leur possession un inestimable trésor dont ils ne révélèrent le contenu à personne.

John soupira profondément. Il regarda Laura et miss Andrews, toujours muettes.

C'était la première fois qu'il faisait de telles confidences. Mais il le devait : ces deux gentilles et adorables femmes avaient risqué leur vie en raison de ce secret qu'il avait tenu à garder pour lui durant toutes ces années. Et cela lui semblait profondément injuste.

— J'ai passé une bonne partie de ma vie à chercher ce trésor sans jamais réussir, reprit-il. J'ai tout de même découvert, à la lecture d'archives que j'ai fait venir d'Angleterre il y a plus de vingt ans, qu'après avoir quitté Boston et avant d'arriver dans le golfe du Saint-Laurent, le *Lucy-Jane* avait fait escale quelque part, dans un des ports de la région, sur la côte nord-est des États-Unis.

— Avez-vous une hypothèse ? demanda Laura, profitant du fait que John Bricks rallumait sa pipe.

— Oui. Je crois que Charles O'Fox et Lewis Stewmore pressentaient des attaques avant d'arriver à Québec. Je crois que nos deux hommes ne voulaient pas laisser le trésor aux mains des Français et que, pour cette raison, ils l'auraient enterré sur la côte.

— Avez-vous découvert d'autres indices ?

— Non. Mais je possède une chose que je n'ai jamais montrée à personne, un document qui m'a été transmis par ma grand-mère lorsque j'ai eu quatorze ans, en 1924.

— Grands dieux ! lança miss Andrews avec émerveillement.

Le vieil homme se leva pour se rendre au buffet du salon dont il ouvra le dernier tiroir.

Il fouilla dans plusieurs chemises de carton jauni pour finalement brandir une enveloppe brune très aplatie.

— Bien que sûrement essentiel, ce document n'en demeure pas moins une énigme, dit-il en marmonnant dans sa barbe.

Fébrile, le vieux John revint s'asseoir près des deux femmes.

Il s'adressa solennellement à Laura :

— Je vous confie ce document, mademoiselle. Si vous parvenez à le décoder, vous m'aiderez certainement à comprendre où se trouve le trésor.

De l'enveloppe, il sortit un large parchemin qu'il déposa à plat sur la table du salon devant Laura et Mary, émues et tremblantes.

C'était une vieille feuille de papier jauni, parsemée de quelques taches de graisse. Au centre de ce papier dont la texture à gros grains témoignait du passage des années, figuraient une date, le 21 août 1690, ainsi qu'une carte muette montrant une côte grossièrement dessinée, sans aucune précision géographique.

Au bas de cette carte, on avait écrit une seule phrase.

Mary traduisit de l'anglais au français les caractères minuscules aux arabesques enchevêtrées : *Épouse des vents de Penobscot, de la lumière à la terre, des huit marches gracieuses au V du Levant.*

13

L'ARRIVÉE DES AMIES

Laura resta bouche bée pendant plusieurs minutes. Une fois sortie de cet état d'ahurissement, elle examina la phrase mystérieuse écrite sur le vieux parchemin et se remémora la traduction de Mary.

Épouse des vents de Penobscot, de la lumière à la terre, des huit marches gracieuses au V du Levant.

Le vieux John avait raison de parler d'une énigme. Quel casse-tête!

Mais que signifiaient cette *épouse des vents*... ces *huit marches gracieuses*... ce *V du Levant*...? Tout cela avait-il réellement un sens?

Cette nuit-là, après le périple en voiture le long du littoral, l'arrivée en catastrophe dans la maison en flammes et les étonnantes révélations du vieil homme, il fallut plus que quelques minutes à Laura et à Mary pour s'endormir. Elles se laissèrent finalement gagner par le sommeil, bercées par le son des vagues qui soulevaient la coque du *Lucy-Jane* en ce jour de 1690 où la vie des deux amis Charles et Lewis avait basculé...

Le lendemain, le parchemin de John Bricks dans son sac, Laura décida de se rendre à la bibliothèque de Bangor afin d'y faire des recherches. Plus tard, en après-midi, elle irait à la rencontre de ses trois amies Cathy, Line et Audrey, qui l'attendraient à la gare d'autobus, arrivant tout droit de Québec.

Avant de partir, Laura s'était adressée avec gravité au vieux John et à Mary:

— Faites bien attention à vous. Je ne serai pas absente très longtemps. Évitez de sortir. Et si une chose vous paraît suspecte, promettez-moi de vous rendre au village et de prévenir la police immédiatement. C'est d'accord?

— Pas de police! avait répondu le vieil homme. C'est une affaire de famille, et je n'ai pas peur de ces...

— Ne vous en faites pas, Laura, coupa miss Andrews. Je suis là, moi. Et je ne laisserai pas ce vieux fou prendre des risques… ni aller à la pêche comme il entend le faire aujourd'hui !

Rassurée, Laura prit le chemin de Bangor. Il lui fallait trouver des indices pouvant l'éclairer sur le sens de cette carte et de la fameuse phrase qui l'avait obsédée une partie de la nuit.

Après avoir parcouru une soixantaine de kilomètres sur les routes du littoral et de la campagne du Maine, la jeune femme arriva à West Market, le centre historique de la ville située en bordure de la rivière Penobscot. Au premier rang mondial de l'exportation de bois dans les années 1850, Bangor était le centre commercial du nord de l'État. Ses belles résidences et ses hôtels particuliers côtoyaient de charmantes boutiques. La bibliothèque se trouvait dans une élégante maison de style néoclassique, près du musée. Laura s'y engouffra.

Elle repéra les ouvrages de référence et les longs tiroirs à coulisses contenant les cartes marines de la région. Elle prit quelques livres et s'installa à une table, à l'abri des regards. Laura n'était pas parfaitement bilingue, mais sa connaissance de la langue anglaise lui permettait de lire et de converser correctement.

Un atlas, un dictionnaire des noms de lieux, des cartes détaillées du Maine, des plans historiques de plusieurs ports, des livres traitant de la baie de Penobscot, des navires du dix-septième siècle et des chantiers maritimes de Boston... Notre apprentie détective ne savait où donner de la tête tant elle avait de renseignements sous les yeux!

«Comment m'y prendre avec tout ça? Il va falloir fouiner dans tous les ports de la région», songea Laura, un peu découragée.

Elle avait examiné la multitude des îlots de la baie de Penobscot sur une carte aux contours jaunis. Par où commencer les recherches? Il fallait partir de l'énigme, bien sûr. Mais cette phrase sibylline qu'elle connaissait maintenant par cœur ne lui disait absolument rien!

Il allait bientôt être treize heures. Laura devait se rendre au terminus d'autobus où, comme elles l'avaient convenu auparavant par téléphone, ses camarades venues de Québec l'attendaient. Avant de quitter la bibliothèque, elle rangea soigneusement les cartes et les ouvrages consultés sur le chariot désigné, puis fit discrètement une photocopie du parchemin, par mesure de sécurité.

Lorsqu'elle arriva à la gare, Laura constata avec joie que ses trois amies s'y trouvaient déjà! Elle reconnut d'abord Cathy Fortier. La coquette blonde aux cheveux courts mangeait avec gourmandise un gros sandwich au jambon. Line Tran, ravissante Québécoise d'origine vietnamienne à qui un chignon et des lunettes rondes donnaient un air sérieux malgré ses vingt ans, lisait une description de l'Acadia National Park en sirotant un jus de légumes. Assise à ses côtés, une grande fille à l'allure sportive et aux courts cheveux noirs, Audrey Tousignant, était plongée dans la lecture d'un magazine scientifique américain.

— Bonjour! Comme je suis contente de vous voir!

— Laura! s'écrièrent Line et Audrey.

— Mais tu es toute bronzée! s'exclama Cathy en embrassant sa camarade.

— Eh oui, c'est le privilège des moniteurs de voile! dit Laura en riant.

— Alors, raconte! s'empressa de demander Audrey tandis que les trois jeunes femmes chargeaient leurs bagages dans la voiture.

— Et alors, cette histoire de trésor? Que sais-tu? Que devons-nous faire? demanda Line avec une impatience qui ne lui ressemblait guère.

— Tout doux, mes amies! répondit Laura avec amusement. Je vais tout vous expliquer…

Tout en s'engageant sur la route du retour les menant vers le littoral atlantique et la maison de John Bricks, Laura rapporta les événements qui l'avaient conduite en Nouvelle-Angleterre. Elle mit un soin particulier à décrire les trois brigands et à dévoiler les révélations du vieux John ainsi que l'énigme.

Ses compagnes étaient encore sous le choc quand Laura leur montra le parchemin et la phrase mystérieuse.

— Eh bien…, murmura Line en examinant le vieux document.

Audrey relisait les mots avec attention.

— Qu'est-ce que ça peut vouloir dire ?

— Quelle histoire extraordinaire ! s'extasiait la romantique Cathy.

— Pour toi, peut-être, rétorqua Line, mais si je pense aux accidents en mer évités par Laura, aux menaces et aux agressions subies par ce monsieur Poirier et cette dame Andrews, je me dis que ces individus en quête du trésor sont de vrais malades !

— C'est certain ! convint Audrey. Mais je suis aussi d'accord avec Cathy : cette saga du *Lucy-Jane* et de son équipage du dix-septième siècle a de quoi nous faire rêver… Quelle aventure !

— J'espère seulement que nous pourrons continuer de rêver, mes belles ! déclara Laura. Et que ces pilleurs d'épaves ne viendront pas s'en prendre au vieux John pour lui soutirer son secret.

— Ce John Bricks et cette miss Andrews semblent vraiment sympathiques, nota Cathy.

— Oui, ils sont adorables. Je crois que vous allez bien vous entendre.

— Blue Hill ! J'oubliais ! s'écria Cathy dont la voix aiguë surprit les passagères.

Excuse-moi, Laura, j'ai oublié de te dire : j'ai réservé une chambre pour trois dans un gîte touristique, à Blue Hill, pour ne pas déranger tes hôtes. Est-ce que c'est loin d'ici ? Pouvons-nous y laisser nos bagages avant d'aller chez tes amis ?

— Bien sûr, répondit Laura. Nous y arrivons, justement. Quel flair tu as eu en choisissant ce village ! Et du flair, nous en aurons besoin pour poursuivre nos recherches !

Laura trouva facilement la grande maison de bardeaux blancs qui abritait le gîte touristique. Ses camarades y déposèrent leurs valises et firent un brin de toilette avant de remonter en voiture.

— Laura, pourquoi parles-tu de *poursuivre nos recherches* ? demanda Line, intriguée. Je croyais que toi et miss Andrews étiez seulement venues ici pour protéger le vieux John et pour vous assurer que les trois pillards ne s'en prendraient pas à lui ?

— C'est aussi ce que je croyais ! répondit Laura, ravie que cette affaire passionne ses compagnes autant qu'elle. Mais...

— Mais c'était sans compter la volonté farouche de John Bricks de retrouver ce trésor ! continua Audrey.

— Exactement ! admit Laura. Le vieil homme nous a révélé son secret afin que nous l'aidions à mettre la main, avant ces brigands, sur ce qu'il recherche depuis des années. Le problème, c'est que je ne vois pas du tout comment nous pouvons l'aider.

La voiture s'engageait maintenant sur le pont suspendu qui menait à Deer Isle.

— Quelle splendeur ! s'exclama Line qui découvrait la baie de Penobscot.

Les trois copines de Laura contemplèrent en silence le panorama sauvage et harmonieux d'îlots, de bois et de criques. La jeune conductrice ne bifurqua qu'une fois parvenue à l'allée herbeuse qui pénétrait la forêt vers la mer et le chalet.

— Nous y voilà ! déclara-t-elle enfin à ses amies enthousiastes en garant la voiture près de la maison.

Cette fois-ci, Laura frappa à la porte. Puis, sans attendre de réponse, les filles entrèrent.

Une forte odeur de gâteau au chocolat régnait dans le salon. Laura reconnut tout de suite l'arôme délicieux qui l'avait sortie de sa sieste chez miss Andrews, dans sa maison de l'Île d'Entrée.

— Bonjour! C'est nous! lança-t-elle. Quelle merveilleuse odeur!

— Ce gâteau est maudit!

Mary essuyait ses larmes. La vieille dame avait parlé sans se retourner vers les visiteuses. Seule dans la salle à manger, elle était assise et contemplait sa tasse de thé.

— Que se passe-t-il? demanda Laura, effrayée. Où est le vieux John?

— Il est dans sa chambre. Il dort. Je me suis absentée pour faire quelques courses. Il me manquait des ingrédients pour préparer ce fichu gâteau! Et lorsque je suis revenue, mon John était à terre, assommé. Ils sont venus…

14

LA PENDUE

— Que s'est-il passé ? demanda Laura devant ses trois amies horrifiées.

— Cette femme et ces deux hommes, les mêmes qui m'ont emprisonnée dans la grotte de l'Île d'Entrée, reprit miss Andrews entre deux sanglots. Eh bien, ils sont venus poser des questions à mon oncle. Ils l'ont menacé ! John a répété qu'il ne savait pas où se trouvait l'épave du *Lucy-Jane*. Il paraît que l'un d'eux a dit savoir qu'un document ancien faisait état d'un lieu précis. John a répondu qu'il n'avait jamais eu vent d'un tel document. Ils ne l'ont pas cru. Ils ont fouillé partout et ont dit qu'ils reviendraient. Puis, ils l'ont assommé ! Je suis allée chercher l'infirmière du village aussitôt revenue de mes courses. Le vieux John s'est remis debout, m'a expliqué ce qui s'était passé quand l'infirmière est repartie, puis il a accepté d'aller se coucher. Tout ça pour un fichu gâteau !

— Il n'y a pas de fichu gâteau dans ma maison ! lança une voix depuis l'escalier de bois qui descendait des chambres.

Le vieux John apparut dans un beau pyjama à larges carreaux rouge et vert. Il marchait tranquillement tout en se frottant la tête. Son teint rose et son sourire ne dévoilaient rien des événements terribles qu'il venait de vivre.

— John ! s'écria miss Andrews.

Le vieil homme vint l'embrasser tendrement. Puis, il prit un air faussement furieux :

— Qu'est-ce que cela signifie, parbleu ? Il y a une ribambelle de jolies femmes dans ma maison, on s'apprête à déguster un gâteau au chocolat dans ma cuisine, et on me laisse dormir ?

La boutade fit sourire tout le monde. Après qu'elle eut présenté ses camarades et que Mary eut servi un petit verre de porto à chacun dans le salon, Laura questionna le vieil homme.

— Voulez-vous bien nous raconter ce qui s'est passé, John ?

— Cela s'est passé exactement comme Mary vient de vous le dire, hélas, répondit-il avec gravité. À l'exception importante qu'elle n'est en rien responsable. C'est moi qui l'ai harcelée pour qu'elle accepte de faire son fameux gâteau dont elle a le secret, et pour lequel je n'avais pas les ingrédients chez moi.

— Vous devez prévenir la police, dit fermement Laura.

— Il n'en est pas question ! Je ne veux pas mêler la police à la recherche du trésor de mon ancêtre. Je n'ai pas confiance en ce qui pourrait arriver.

— Et ces trois individus qui viennent de vous agresser ? Avez-vous confiance en eux ? insista Laura, que l'entêtement du vieux John commençait à agacer.

— Il y a longtemps, en prévision d'une attaque de ce type, imaginez-vous que j'ai confectionné un faux parchemin, très bien réussi, je dois le dire, en tous points semblable à celui qui m'a été transmis par ma grand-mère en 1924 et que je vous ai donné ! Je l'ai toujours et je le ferai passer pour authentique si ces vauriens reviennent me voir. Cela nous donnera du temps pour agir et trouver le trésor.

— Vous êtes incroyable !

— Une autre chose joue en notre faveur, ma chère. Ces gredins cherchent une épave. Ils semblent persuadés qu'il y a un butin extraordinaire au fond de la mer, aux Îles-de-la-Madeleine. En d'autres mots, je suis sûr qu'ils sont déjà sur une fausse piste !

— Oui, peut-être…

— Ce qui m'effraie plutôt, ajouta John Bricks, c'est que si ces individus m'espionnent, ils vont s'apercevoir que vous êtes toutes ici. Vous êtes donc en danger autant que moi maintenant.

— Justement ! s'exclama Laura.

— Comment ça, *justement* ? demanda le vieux John, intrigué par la réponse de la jeune femme.

— Écoutez, dit-elle sur un ton qui tâchait d'allier autorité et douceur. Je comprends tout à fait que la recherche de ce trésor a une valeur inestimable à vos yeux. Vous y avez consacré du temps, de l'argent et beaucoup d'énergie. C'est vrai que l'histoire du *Lucy-*

Jane, du capitaine O'Fox et de votre aïeul, Lewis Stewmore, mérite l'intérêt que vous lui portez. Mais est-ce que tout ça vaut *aussi* de mettre en danger votre vie et celle de vos proches? Je crois sincèrement que non.

— Mais… interrompit le vieil homme vexé.

— Non, laissez-moi terminer, s'il vous plaît, reprit Laura. Les criminels qui sont en quête du trésor, ces *vauriens*, comme vous les appelez, ce ne sont pas des enfants de chœur! Ils sont prêts à tout pour parvenir à leurs fins. Je vais faire un marché avec vous. Ou vous acceptez ma proposition, ou je préviens la police tout de suite, dans le seul but de vous protéger, vous et miss Andrews.

Le vieil homme avait tressailli. Il regarda Laura avec étonnement. Elle poursuivit avant qu'il n'ouvre la bouche pour parler.

— Voilà. Ma proposition est la suivante: le temps que toute cette histoire soit terminée, vous acceptez d'avoir un téléphone cellulaire et vous nous promettez de vous en servir en cas de problème. En échange, mes amies et moi ferons tout ce que nous pourrons pour vous aider à retrouver le trésor de votre ancêtre. Nous examinerons avec soin toutes les archives que nous trouverons. Pour amasser des indices, nous parcourrons la région et visiterons tous les ports s'il le faut, je vous le promets.

Un lourd silence s'ensuivit. Mary, Cathy, Line et Audrey, solidaires des propos de la jeune femme, avaient tourné leur regard vers le vieux John, stupéfait par la proposition qu'on lui faisait. Il réfléchit quelques minutes.

Quant à Laura, elle ne savait plus si elle avait agi correctement. Elle se rendait compte qu'elle venait de parler comme une adulte s'adressant à un enfant irresponsable, et elle se sentit rougir. Ce vieux têtu allait-il l'envoyer paître ? De toute façon, elle n'avait plus le choix. Elle n'était qu'une apprentie détective et ne pouvait pas se permettre de mener une enquête alors que des vies étaient en danger !

— Vous avez raison, Laura, dit enfin John Bricks, penaud. Mon attitude n'a rien d'héroïque. Je me conduis comme un jeune fanfaron et ne suis qu'un vieux grincheux égoïste! J'accepte, bien sûr. Et je vous remercie.

— Youpi! s'écria miss Andrews en jetant un regard complice et reconnaissant vers Laura.

Ils convinrent qu'Audrey prêterait son téléphone cellulaire au vieux John. Ce dernier remit le faux parchemin à Laura, qui le déposa soigneusement dans son sac. Peut-être en aurait-elle besoin pour duper ses éventuels agresseurs, comme l'avait prévu le vieil homme.

Oubliant les événements de la journée, John et Mary témoignèrent d'une grande gaieté lors du souper, ravis d'être en si sympathique compagnie. Le vieil homme et Cathy parlèrent de recettes de gâteaux, Line conversa avec l'ancienne médecin à propos de la vie quotidienne sur l'Île d'Entrée, tandis que Laura et Audrey s'occupèrent du repas. Audrey, la première, aborda le sujet au moment de la tisane.

— Si j'ai bien compris, John, nous ne cherchons pas une épave puisque celle du *Lucy-Jane* se trouve dans l'Anse aux Sirènes. N'est-ce pas?

— Effectivement, répondit le grand barbu en allumant sa pipe.

— Vous m'avez dit que le capitaine O'Fox et Stewmore n'avaient révélé à personne la nature du trésor, dit Laura après un instant. Auriez-vous tout de même une petite idée de ce que cela pourrait être?

— Une certaine légende court, mais je ne sais pas si elle est fondée.

— Celle du Cœur d'Or? demanda Laura qui se souvenait de la légende circulant aux Îles-de-la-Madeleine.

— Oui.

— Le Cœur d'Or? répéta Cathy. Qu'est-ce que c'est?

— Un bijou, répondit le vieil homme. Un pendentif en forme de cœur coulé dans un or d'une grande pureté et datant de la Renaissance italienne.

Stupéfaites, Mary, Cathy, Line et Audrey ouvrirent de grands yeux admiratifs et restèrent silencieuses pendant un bon moment.

Line replaça ses petites lunettes rondes sur le bout de son nez.

— Pensez-vous, John, que le trésor puisse vraiment être ce bijou?

— Je ne sais pas, dit-il. Il se pourrait qu'il y ait autre chose…

— Comme quoi, par exemple?

— Je n'en ai aucune idée. Mais je me rappelle que mon grand-père parlait de Stewmore comme d'un héros, et quelque chose me fait penser que le trésor a un lien avec ça. Cette histoire de bijou en or me semble un peu triviale, pour tout vous dire.

— Moi, je ne trouve pas, murmura Cathy, rêveuse.

— Avez-vous un portrait de votre aïeul? demanda Audrey.

— Hélas, non! soupira le vieil homme. J'en ai pourtant cherché.

— En tout cas, j'ai beau tourner et retourner cette énigme dans ma tête, je n'y comprends rien! déclara Laura sur le ton du découragement.

— N'avez-vous rien appris à la bibliothèque? questionna miss Andrews.

— Eh bien, il y a beaucoup de documents historiques concernant la baie de Penobscot. Mais c'est trop vague. Il nous faudrait un premier indice pour orienter nos recherches.

— Tu n'as aucune idée? Même pas une idée farfelue? intervint Cathy qui connaissait suffisamment sa camarade pour savoir qu'elle cachait probablement déjà une hypothèse.

— Disons que… j'ai tendance à penser comme John, c'est-à-dire que la réponse à cette énigme se trouve dans un port. Et j'ai trois endroits en tête, tous dans la baie de Penobscot. Mais ce ne sont que des intuitions.

— Génial! Il ne faut jamais prendre à la légère une intuition de Laura! s'exclama Audrey. De quels endroits s'agit-il, détective Berger? Et pourquoi n'irions-nous pas les visiter dès demain matin?

— Oui, nous pourrions y aller, répondit Laura avec modestie. Je pensais aux trois ports repérés sur une vieille carte à la bibliothèque: Searsport, Camden et Rockland.

— Justement… avança timidement miss Andrews.

— Pensez-vous à quelque chose en particulier, Mary? demanda Laura.

— Oui. En fait, j'ai moi aussi beaucoup réfléchi à cette énigme depuis hier.

J'ai peut-être une idée, mais je pense qu'elle ne vaut pas grand-chose.

— Toutes les idées concernant cette énigme valent quelque chose, Mary ! Allez-y.

— Voilà. Quand j'étais enfant et que nous venions en visite dans la région, je me rappelle qu'on racontait une vieille légende. On disait que la très belle et joyeuse épouse d'un marin fameux du port de Camden, qui se prénommait Laurie, s'était tuée une nuit de tempête, pressentant que son mari trouverait la mort sur son bateau. Le marin, qui rentra de la mer le lendemain matin, trouva sa femme pendue en haut des marches de pierre de leur demeure. La maison dans laquelle il se laissa mourir de chagrin prit le nom de Maison des vents de Penobscot...

La légende macabre avait fait frémir l'assemblée et répandu le silence dans le chalet du vieux John.

— Cette histoire est terrible ! s'exclama Cathy, impressionnée.

— Voilà un très bon indice. Bravo, Mary ! dit Laura devant le grand barbu un peu vexé de n'avoir jamais pensé à cette vieille légende. Dès demain matin, nous irons voir cette Maison des vents de Penobscot. Qui sait, peut-être qu'elle existait déjà du temps du *Lucy-Jane* ! Mais en attendant, je vous raccompagne à votre gîte, les filles. Il est temps de se coucher.

15

LA MAISON DES VENTS

Le jour suivant, Laura passa de bonne heure chercher ses amies au gîte touristique de Blue Hill. Cathy, Line et Audrey embarquèrent dans la voiture avec leurs bagages et leur bonne humeur coutumière.

Puis, les quatre jeunes femmes prirent la direction de la baie de Penobscot. Le temps était magnifique malgré un bon vent qui soufflait du large vers la côte.

— Je vous propose d'aller d'abord à Camden en passant par Searsport, qui est un ancien centre de construction navale, suggéra Laura qui, pour l'occasion, avait revêtu un jean, un pull marin et des baskets en toile.

— Super ! répondit Audrey. J'ai apporté ma torche et mes jumelles.

— Et moi, de l'eau, du jus de fruits et des biscuits au chocolat, ajouta Cathy en replaçant le bandeau à fleurs enserrant ses courts cheveux blonds.

— Penses-tu que John et Mary sont en sécurité maintenant? demanda Line avec inquiétude.

— Oui. Enfin, je l'espère de tout mon cœur, répondit Laura. J'ai vérifié le bon fonctionnement du cellulaire et le vieux John m'a encore promis qu'il n'hésiterait pas à s'en servir.

— Parfait! Ce vieil homme est vraiment rigolo! Je revois sa tête quand tu l'as grondé hier! On aurait dit un toutou piteux! ajouta Line, qui riait tout en tressant rapidement ses longs cheveux noirs.

Après avoir franchi Bucksport, qui offrait une vue superbe de Fort Knox, le plus grand fort de la Nouvelle-Angleterre, la route traversait la rivière et parcourait le côté ouest de la baie de Penobscot. Après une vingtaine de kilomètres longeant la côte rocheuse, les filles arrivèrent à Searsport. Laura gara la voiture près de superbes résidences.

— Il y a ici un musée qui pourrait être instructif, le Penobscot Marine Museum, dit-elle. Je vous propose d'aller y faire un tour.

Situé dans l'une des maisons de capitaines de la marine restaurées, le musée possédait une extraordinaire collection de toiles et de gravures que les filles examinèrent avec attention. Cependant, après avoir déambulé une bonne heure entre les maquettes de bateaux, les instruments de navigation et les outils de construction navale soigneusement exposés dans les vitrines, elles durent se rendre à l'évidence : aucun de ces artefacts n'était assez ancien pour être contemporain du *Lucy-Jane*...

Un peu déçues, elles reprirent la route vers Camden, histoire de se renseigner sur cette réputée Maison des vents de Penobscot dont leur avait parlé miss Andrews la veille.

Le village était situé en bord de mer. Laura et Line allèrent s'informer dans une des élégantes auberges de la rue principale.

— La Maison des vents ? Oui, cette maison existe encore, répondit la réceptionniste. Elle est un peu en dehors du village. Prenez la route numéro 1 jusqu'au parc, puis la première rue sur votre droite. C'est la maison en pierre qui fait l'angle. Elle est cachée dans les bois. Mais faites attention : cet endroit tombe en ruines. Ne vous y blessez pas !

Après avoir remercié l'aimable femme, les deux amies retournèrent vers la voiture garée près de boutiques colorées que Cathy et Audrey détaillaient avec intérêt.

— Alors ? demanda Audrey avec impatience.

— Oui, la maison est encore là, répondit Line, enthousiaste.

— Par contre, elle est en ruines, précisa Laura. Il faudra être prudentes.

La demeure n'avait en effet rien d'un château ! Et lorsque les jeunes femmes l'aperçurent, coincée entre les grands arbres, elles se demandèrent même si la cabane du marin avait conservé son toit.

— Allons y jeter un coup d'œil ! lança Laura en sortant de la voiture qu'elle avait garée non loin, dans l'une des rues ombragées.

Après en avoir fait le tour, les quatre copines armées de leur torche pénétrèrent dans l'une des deux pièces fermées qui subsistaient de la demeure.

— Nous devons trouver la cheminée, déclara Cathy. S'il y a un trésor ici, il doit y être!

L'idée parut intéresser ses trois amies Après tout, il se pouvait que personne n'ait cherché de butin ici, et son hypothèse n'était pas si sotte puisque les cheminées restent souvent en place bien après que tout le reste a disparu.

— Il n'y a pas de foyer ici, affirma Audrey en pénétrant dans la première pièce.

— Allons inspecter la deuxième salle, proposa Laura avant d'éternuer.

L'air était saturé de poussière et les jeunes femmes respiraient avec difficulté.

Elles s'engagèrent avec prudence à la lumière de la torche d'Audrey, essayant d'éviter tous ces gravas entre lesquels de l'herbe avait poussé.

— Quel fouill…

Au moment où Line finissait sa phrase, un bruit sourd se fit entendre et la lumière de la torche vacilla. L'obscurité était totale.

— Audrey? s'écria Laura.

Avant même d'entendre une réponse, elle reçut un coup sur la nuque et tomba au sol.

16

LE VOL

Quand elle reprit connaissance dans le noir, Laura eut la sensation que de longues minutes s'étaient écoulées. Elle eut peur.

— Cathy? Line? Audrey? Êtes-vous là?

— Oui, par ici! répondit une voix. Je cherche ma torche. On nous a attaquées!

Enfin, le faisceau de la torche éclaira de nouveau la pièce délabrée. Audrey était debout et tentait de se dépoussiérer un peu. Cathy et Line se relevaient de leur chute au milieu des pierres et des broussailles qui envahissaient le sol. Cathy gémit en se frottant la tête.

— Quelqu'un m'a assommée!

— Moi aussi, ma chère! ajouta Line qui remettait ses lunettes sur son nez.

— Est-ce que ça va ? Rien de cassé ? demanda Laura avec angoisse.

Ses camarades la rassurèrent.

— Bon, tant mieux. Mon sac ! On a volé mon sac ! Sortons d'ici tout de suite !

Les quatre jeunes femmes sortirent de la maison en traversant à la hâte les deux pièces obscures. Elles se retrouvèrent enfin à l'air libre. Les environs de la maison semblaient déserts. Pas de trace de leur agresseur. Anxieuse, Laura marchait de long en large, tâchant d'éviter les pierres éparpillées sur le terrain.

— On m'a volé le sac où j'avais mis le parchemin ! fulmina-t-elle.

— Oh non ! dit Cathy avec colère.

Comme Audrey et Line, la blondinette avait été plus chanceuse que Laura. Elle avait retrouvé son petit sac à dos en cuir au sol, en sortant de la maison en ruines.

— Ah, si je tenais celui qui nous a frappées ! s'exclama Audrey avec véhémence.

Line pointa son index vers les arbres.

— Mais non, regarde ! On n'a pas volé ton sac, Laura, on l'a jeté dans les branches !

— Hein ? ? ?

C'était pourtant vrai. Laura reconnut la sacoche en cuir brun accrochée dans les feuilles. Audrey lui fit la courte échelle et son amie récupèra son bien.

— Crois-tu que les trois rôdeurs de l'Anse aux Sirènes nous ont suivies jusqu'ici ? demanda Cathy à Laura qui fouillait soigneusement dans son sac.

— J'en suis presque sûre, déclara la jeune femme avec un sourire. Sais-tu pourquoi ? Parce que le parchemin est disparu, mais pas mon porte-monnaie !

— Je ne vois pas pourquoi tu sembles te réjouir, dit Audrey, intriguée.

— Je ne me réjouis pas, rectifia sa camarade. Je suis simplement soulagée. Car on nous a volé le faux parchemin !

Laura expliqua qu'elle avait dissimulé le vrai document ancien ainsi que sa copie dans la pochette fermée du fond de son sac à main, laissant le faux, confectionné par le vieux John, à portée de la main. Les malfrats s'étaient ainsi emparés du parchemin le plus accessible, tombant dans un petit piège qui n'avait rien d'original !

— Par contre, je n'ai plus de téléphone cellulaire ! ajouta Laura qui fouillait encore dans son sac.

— On veut vraiment nous neutraliser, on dirait ! Et moi qui ai prêté le mien au vieux John ! dit Audrey.

— Je crois qu'il va falloir nous contenter des cabines téléphoniques, maintenant ! Nous en avons la preuve, mes amies. Quelqu'un nous suit ! Et il est bien possible que ce soit l'une des trois brutes venues chez le vieux John pour lui soutirer des aveux. Si elles recherchent bien ce parchemin, cela veut dire que nous devrons nous montrer plus rusées qu'elles pour les devancer dans la résolution de l'énigme. Ce ne sera pas facile ! Sans compter qu'il va falloir se méfier de ces pillards comme de la peste !

Les filles retournèrent au port de Camden. Il était près de quinze heures. Laura appela Mary et le vieux John qui regardaient paisiblement la télévision. Elle devait les aviser de l'attaque dont elles venaient d'être victimes dans la Maison des vents. Laura précisa qu'on leur avait dérobé le faux document et qu'ils devaient rester sur leurs gardes.

— *Grands dieux! C'est vous qui courez tous les risques! Soyez très prudentes!* supplia Mary d'un ton angoissé.

— Soyez tranquilles, nous ferons bien attention. D'ailleurs, nous coucherons probablement dans une pension de la région, ne nous attendez pas ce soir. Et surtout, promettez-moi de ne pas vous séparer de votre téléphone.

— *C'est promis, Laura. Bonne chance!*

La jeune femme retrouva Cathy, Line et Audrey installées à la table d'un petit restaurant discret près du port. Elles tentaient de se remettre de leurs émotions et avaient commandé quelque chose à manger.

Audrey brossa grossièrement sa courte chevelure ébouriffée. Ses grands yeux noirs exprimaient une inquiétude inhabituelle.

— Que faisons-nous maintenant, Laura?

— Je ne sais pas. On n'a peut-être pas beaucoup de temps avant que ces bandits ne découvrent le subterfuge.

— Penses-tu qu'ils nous suivent encore? chuchota Cathy.

— Je n'en sais rien. Mais s'ils s'aperçoivent de notre stratagème, ils vont vouloir nous retrouver, et vite, dit Laura dont le commentaire effraya Cathy.

— Et cette Maison des vents? demanda Line en mangeant l'omelette aux crevettes qu'elle avait commandée.

— À mon avis, il n'y a aucun indice dans cet édifice en ruines.

— Que proposes-tu?

— Je crois qu'aussitôt après avoir mangé, nous devrions déguerpir. Allons jusqu'au port de Rockland. Il y a en ce moment une rencontre de goélettes de la flotte des grands voiliers du Maine. Nous passerons inaperçues et nous y trouverons peut-être des renseignements sur le *Lucy-Jane*. À vrai dire, je n'ai pas d'autre idée…

La proposition de Laura fit l'unanimité. Peu après, les filles s'engageaient sur la route en direction du port, situé à moins de dix kilomètres au sud.

Rockland était un village de pêcheurs, devenu avec le temps un véritable centre touristique. Les bateaux de pêche y côtoyaient les navires de plaisance et les traversiers et, en ce jour de fête, de majestueuses goélettes.

— Quel décor de carte postale! s'exclama Laura en découvrant le paysage.

D'immenses voiliers racés avaient pris d'assaut l'océan. Des banderoles multicolores flottaient au grand vent le long du port et dans l'enchevêtrement des cabanes sur pilotis. Une foule calme errait entre les bâtiments de briquettes rouges, les restaurants de poisson et les boutiques aux allures de Noël, sur les promenades en bois et les quais décorés.

— Le phare est une attraction, on dirait! remarqua Audrey en apercevant le bâtiment planté sur les rochers tout au bout d'une digue envahie par de nombreux touristes.

— Il est magnifique, en effet! convint Laura. On peut aller y jeter un coup d'œil en vitesse. Surtout, les filles, n'oubliez pas de penser à notre énigme. Il faut profiter de notre avance sur les trois voleurs…

— *Épouse des vents de Penobscot, de la lumière à la terre, des huit marches gracieuses au V du Levant*, répéta Cathy d'une voix sépulcrale.

— En tout cas, nous avons presque fait le tour complet de la baie de Penobscot, constata Line, dépitée.

— Oui, et nous n'avons toujours pas d'indice, déplora Laura.

Après avoir garé leur véhicule près d'un restaurant de coquillages construit sur pilotis et préparé un léger sac à dos, les jeunes femmes s'engagèrent sur la longue digue qui menait au phare. Celui-ci se composait d'une maison blanche et d'une tour en briquettes rouges. L'ensemble était accroché aux rochers et relié au rivage par une large jetée en pierre grise. À mi-chemin, Laura remarqua que le vent qui s'était levé avait fait fuir les touristes des lieux. À certains endroits, l'eau recouvrait légèrement les dalles de la digue. Il fallut près de vingt minutes à nos marcheuses pour parvenir au pied du phare.

— Il y a une coursive tout en haut de la tour, remarqua Audrey. Essayons d'y monter, la vue doit être grandiose !

— OK, mais ne nous attardons pas ici, je n'aime pas ça quand il n'y a personne, dit Laura.

Laura, Line et Cathy suivirent leur amie enthousiaste qui s'était engouffrée dans le phare désert. Audrey avait oublié sa torche dans la voiture, mais fort heureusement, l'endroit était faiblement éclairé.

Cathy gravissait avec difficulté les marches étroites de l'escalier en colimaçon.

— Es-tu sûre que ces marches vont quelque part, Audrey ?

— Je ne vois pas où elles pourraient nous mener ailleurs qu'en haut de ce phare! répondit sa camarade d'un air taquin.

Line ne se sentait pas non plus très à son aise dans cet endroit humide, obscur et désert. Elle souffrait d'ailleurs d'un début de claustrophobie…

— Brrr… on se croirait dans une souricière, ici! lança-t-elle.

— Vous ne croyez pas si bien dire, mesdemoiselles! hurla quelqu'un au bas de l'escalier.

Une ambiance de terreur envahit aussitôt l'espace restreint de la tour.

La voix avait glacé le sang des jeunes femmes et les avait littéralement paralysées. Les quatre amies étaient parvenues en haut du phare, proche de la porte cadenassée qui menait à la coursive extérieure. De cet endroit, il leur était impossible de voir qui venait de crier à une douzaine de mètres plus bas…

Laura fit un léger pas de côté, se plaça plus près du cœur de l'escalier et pencha sa tête pour tenter d'apercevoir quelqu'un. Elle vit la silhouette d'un homme plutôt petit. Elle se pencha encore un peu plus en avant et entrevit deux autres silhouettes plus élancées près de la porte.

— Restez là où vous êtes! vociféra une voix grave et masculine. Vous ne nous ferez pas le même coup deux fois, petites morveuses! Balancez le vrai document en bas de l'escalier ou on viendra le chercher nous-mêmes et on vous fera moisir ici le reste de votre vie!

D'un bond, Laura recula vers le mur. La violence du ton avait fait pâlir les filles. Elles avaient commis une terrible erreur en pénétrant dans cette tour sans s'assurer que personne ne les suivait!

« Quelle erreur de débutante ! » songea Laura, furieuse contre elle-même.

Ses compagnes n'avaient pas la force d'être en colère et semblaient tétanisées.

— Alors ? hurla de nouveau la voix au bas de l'escalier.

Il était fort probable que ces trois individus qui ne voulaient pas montrer leur visage soient les agresseurs de Pierrot Poirier, de Mary et du vieux John ! Laura n'avait pas le choix : elle devait leur donner le vrai parchemin. De toute façon, elle en avait une copie et connaissait l'énigme par cœur.

La jeune femme fouilla dans son sac en tremblotant et en sortit le vieux papier jauni.

— Je l'ai, dit-elle d'une voix forte. Voulez-vous que…

— Pas de chichi, la garce ! Tu la fermes ! Tu lances le vrai machin dans le centre du colimaçon, c'est tout ce qu'on te demande ! Et si tu essaies encore de nous berner, on te balance au fond de la mer. Et tes copines aussi. C'est compris ?

Laura avala sa salive. Elle plia plusieurs fois le parchemin et le lança dans la petite cage d'escalier.

Des pas se firent entendre, puis des murmures, puis un grand claquement et le grincement d'une barre de fer.

Quelques secondes seulement s'écoulèrent avant que Laura ne se précipite au bas des marches. Mais il n'y avait plus personne…

Dans un élan d'espoir, elle poussa de toutes ses forces la lourde porte du phare.

Puis, à ses trois camarades enfin redescendues du haut de la tour, elle ne put que chuchoter la phrase qu'aucune d'entre elles ne voulait entendre :

— Ils nous ont enfermées ici.

17

L'INTUITION

La porte du phare tenait bien fermée, bloquée par une barre de métal. Il était humainement impossible de forcer cet amas de fer et de bois! Laura et ses compagnes étaient bel et bien prises dans ce piège lugubre et froid!

Line s'assit sur une des marches de l'escalier en colimaçon; ses yeux pleins d'eau traduisaient son profond désarroi. Cathy prit place à ses côtés et se mit la tête entre les mains comme pour mieux réfléchir.

Audrey, quant à elle, fulminait. Elle était en colère contre elle-même.

— Dire que c'est moi qui ai voulu venir ici! Quelle imbécile!

— Étant donné les circonstances, nous avons toutes été imprudentes, rectifia

Laura. Et tu n'es pas plus responsable que nous de ce qui nous arrive, Audrey.

— Ouais, disons que je suis aussi responsable que vous, mais quand même un peu plus!

— Cette crapule avait une voix affreuse, sanglota Line.

— J'ai vu trois silhouettes tout à l'heure, en bas de l'escalier. Je crois qu'il s'agissait de la femme et des deux hommes décrits par Mary et le vieux John, déclara Laura avec regret.

Elle entendit ses amies soupirer.

Line se leva pour observer les murs et la porte du phare.

— Qu'allons-nous faire?

— Il est impossible de forcer cette porte, répondit Laura qui n'avait pas perdu son calme. Allons inspecter la petite fenêtre en haut de l'escalier. Si l'une de nous peut sortir par là…

Les filles grimpèrent de nouveau les marches jusqu'à la lucarne ovale. L'ouverture, qui semblait donner sur la coursive extérieure, ne devait pas faire plus de cinquante centimètres de diamètre. Les embruns projetés par la tempête qui s'était levée et qui sévissait fouettaient la vitre avec violence.

Laura ouvrit le battant de la lucarne et s'adressa à ses compagnes :

— Je vais aller voir si je peux rejoindre le bas du phare par la coursive. Attendez-moi là. Inutile que nous jouions toutes à l'acrobate si cette issue est une impasse.

— Je t'accompagne ! ajouta Audrey.

Devant Cathy et Line, anxieuses de voir leurs camarades quitter l'intérieur du bâtiment, les deux filles souples et graciles enjambèrent facilement la petite fenêtre.

Au dehors, le ciel était exceptionnellement noir et la tempête faisait rage. Le vent déchaîné soufflait de longs sons graves alors que les vagues s'abattaient sur les rochers dans un fracas étourdissant. Audrey ajusta davantage le col de son chandail afin de protéger son cou nu des bourrasques froides.

À leur grand soulagement, les deux amies s'aperçurent que la coursive, qui épousait la forme carrée du phare, donnait accès à une échelle de sécurité en métal dont les barreaux s'interrompaient à deux mètres du sol. Moyennant un saut assez facile, il leur serait donc possible de sortir de leur geôle et d'atteindre le rivage.

— Mais… où est la digue qui mène à la côte ? s'exclama soudain Laura.

Après avoir examiné l'horizon, elles firent de nouveau le tour du phare en s'accrochant à la rambarde métallique de la coursive.

Audrey constata, terrifiée :

— Tu as raison, Laura ! La digue de pierre n'est plus là !

— Elle doit être recouverte par l'eau. Nous sommes probablement venues ici à marée basse. Il semblerait qu'à marée haute, ce phare soit isolé en pleine mer…

Les deux filles, trempées, retournèrent enfin à l'intérieur de la tour.

— Alors ? s'enquit Cathy tandis qu'elles enjambaient de nouveau la lucarne.

— Il y a bien une échelle qui nous permettra de sortir d'ici, dit Audrey. En revanche, nous ne pourrons rejoindre le rivage qu'à marée basse. Imaginez-vous que la digue qui nous a menées jusqu'à ce phare est maintenant totalement recouverte par l'eau et les vagues !

— Quoi ? s'exclama Cathy.

— Ça explique pourquoi certaines dalles de la jetée étaient immergées lors de notre passage tout à l'heure. La marée devait monter, poursuivit Laura.

— Bah ! L'important, c'est de savoir qu'on pourra sortir d'ici ! conclut Line en tendant une serviette de bain à ses deux camarades.

— Quelle prévoyance ! Merci, dit Audrey qui se sécha vigoureusement les cheveux.

— En fait, j'avais apporté ma serviette et mon maillot de bain au cas où j'aurais pu me baigner, ajouta Line, un peu gênée d'avouer qu'elle avait pensé aux distractions par une journée pareille.

— Tu vas devoir être patiente, ma chère, dit Laura en sortant un pull de son sac à dos. Si mes calculs sont bons, nous avons entre quatre et cinq heures d'attente.

— Quatre à cinq heures ? Quelle horreur ! s'écria Cathy en offrant à chacune un gros biscuit au chocolat.

— Ce qui signifie que nous pourrons rejoindre le rivage vers vingt-deux heures, poursuivit Laura. La marée ne sera pas complètement basse, mais je crois que nous pourrons quand même passer.

— Au moins, ces trois escrocs n'auront pas eu notre peau! s'exclama Audrey.

— Peut-être, mais nous devrons être rapides et plus rusées si nous voulons les empêcher de voler le trésor, s'il existe, bien sûr, soupira Laura, dépitée par les événements.

— Trouvons l'endroit le plus sec et le plus chaud de ce phare. Il ne faut surtout pas attraper froid, conclut Line, que ses amies appelaient souvent *notre petite infirmière* tant elle se préoccupait de leur santé.

Les quatre camarades se collèrent les unes aux autres dans un coin de la tour, près de la lampe qui dégageait un semblant de chaleur. Au vent qui tournoyait sans répit autour de l'édifice se mêlaient des sifflements irréguliers et le bruit des vagues déchaînées. Dans cette atmosphère étrange, à l'abri de la tempête, les filles s'assoupirent.

C'est le son d'une vague claquant contre les rochers qui les réveilla. Il était près de vingt et une heures trente.

De ses grands yeux verts, Laura fixait le mur de pierre. Elle fit un large sourire.

— Qu'y a-t-il? lui demanda Line, intriguée.

— Je crois que j'ai peut-être compris un des sens de l'énigme…

Cette révélation hâta le réveil de ses compagnes.

— Explique-toi! dit Audrey avec impatience.

— Ce n'est qu'une intuition. Mais je crois que la réponse au mystère de ce parchemin se trouve justement dans un phare.

— Dans un phare? Pourquoi penses-tu cela? reprit Cathy de sa voix fluette.

— On a pu dire jadis que ces sentinelles des océans étaient les compagnes des marins, les guidant dans les tempêtes! Je viens de me souvenir d'une vieille chanson que chante parfois ma mère: «Marin des tempêtes et marin des flots calmes, le phare pour seule épouse dans la fureur des vents.» L'*épouse des vents de Penobscot* de l'énigme doit être un phare.

— Mais oui ! Ça se tient !

— Seulement, il faudrait en trouver un datant de l'époque du *Lucy-Jane* ! Ce ne sera pas facile.

— Nous irons à la bibliothèque ! proposa Line, enthousiaste.

— Et nous surferons sur Internet ! s'empressa d'ajouter Audrey.

— Très bonne idée ! répondit Laura en enfilant son sac à dos. Sortons d'ici, c'est l'heure. Trouvons-nous un lit douillet pour cette nuit et, demain matin, nous irons consulter les archives de la région.

Revigorées par leur somme et la proposition de Laura, les quatre amies se vêtirent le plus chaudement possible, puis elles franchirent la lucarne. Sur la coursive, les vents et la pluie qui n'avaient pas faibli les attendaient.

Après avoir sauté prudemment de l'échelle de métal à la base de la tour, elles s'engagèrent sur la digue de pierre émergeant en partie des flots. La marée n'était pas complètement basse, mais il était possible de marcher jusqu'au rivage. À la queue leu leu dans la nuit noire où jaillissait l'éclat de l'écume, les filles progressaient lentement jusqu'à la côte…

Elles regagnèrent ainsi leur voiture. Malgré l'heure tardive, un motel proche de Rockland leur proposa deux chambres confortables où elles purent enfin se reposer après avoir avalé un léger repas.

Le lendemain, après un bon petit déjeuner, Laura et ses amies arpentaient la rue Union en direction de la bibliothèque. Un soleil superbe rayonnait dans le ciel clair. De la tempête de la veille ne subsistaient que quelques banderoles décrochées.

Avant de quitter le motel, Laura avait appelé Mary et John. Elle s'était assurée que tout allait bien et leur avait raconté les derniers événements, sans toutefois trop les inquiéter.

Maintenant que les pillards de l'Anse aux Sirènes détenaient la même information qu'elles, les quatre amies ne devaient plus perdre une minute ! Tout d'abord, elles devaient valider l'hypothèse de Laura selon laquelle une partie de la solution de l'énigme se trouvait dans un phare.

C'est ainsi qu'elles franchirent avec assurance le seuil de la superbe entrée flanquée de colonnes de la Rockland Public Library. Laura se dirigea vers la section des archives et des documents historiques sur la marine. Elle sortit plusieurs ouvrages et des dictionnaires, dont un inventaire de tous les sites patrimoniaux maritimes de la baie de Penobscot. Attablée sagement dans un coin de la salle de lecture avec Cathy et Line, elle s'était mis en tête de trouver le nom et l'emplacement du plus vieux phare de la région. Audrey, quant à elle, s'était précipitée vers les postes informatiques afin de faire une recherche sur Internet.

— Aucun phare ne semble dater de l'époque du *Lucy-Jane*, déclara Cathy qui consultait l'index des sites du patrimoine.

— Ça confirme l'information que je viens de trouver, ajouta Audrey de retour de la salle des ordinateurs. Le plus vieux phare de l'État du Maine serait le Portland Head Light. Il aurait été bâti en 1790, soit cent ans après le naufrage du *Lucy-Jane* dans l'Anse aux Sirènes…

— Bon, soupira Laura en refermant un vieil atlas historique.

— Je vais poser une question à la bibliothécaire, annonça Line qui, d'un geste précis, empoigna ses longs cheveux noirs pour en faire un chignon et se leva.

Au comptoir des prêts, une dame s'affairait à coter des ouvrages.

— Bonjour, dit Line qui s'exprimait parfaitement en anglais. Nous faisons une recherche sur le patrimoine bâti du dix-septième siècle dans la région. Auriez-vous un ouvrage à nous proposer?

— Hum... Au dix-septième siècle, dites-vous? Il faudrait que vous vous rendiez à la bibliothèque de Boston, j'en ai peur. Je suis désolée.

— Et auriez-vous par hasard un ouvrage qui traite des bateaux ayant navigué ou fait escale dans cette région, à la même époque?

— Hélas, non. En revanche, quelqu'un pourrait sans doute vous renseigner sur ce sujet. Jack Newman, un vieux marin, est une véritable encyclopédie vivante sur le passage des gros bateaux par ici.

— Savez-vous où nous pouvons le trouver? demanda la jeune femme qui avait retrouvé espoir.

— Certainement. Il habite à Boothbay Harbor, à une quarantaine de kilomètres à l'ouest de Rockland. Le jour, vous le trouverez au Marine Resources Aquarium où il travaille comme bénévole.

— Merci infiniment, madame.

Ravie de sa découverte, Line revint vers ses amies à qui elle rapporta à voix basse sa conversation avec la bibliothécaire.

— Bravo, Line! C'est une super belle trouvaille! s'exclama Laura qui, dans l'atmosphère feutrée de la bibliothèque, tentait de contenir sa joie. Allons rencontrer ce monsieur Newman, peut-être qu'il va nous apprendre quelque chose sur le navire du capitaine Charles O'Fox.

Les jeunes femmes quittèrent les lieux et retrouvèrent leur voiture garée près du motel.

Laura prit la route numéro 1 jusqu'à Boothbay Harbor.

Le centre de la ville était très animé, surtout vers la promenade en planches aux pittoresques cabanes de bois peintes en bleu et blanc, où de nombreux touristes déambulaient. Elle se gara près de l'aquarium aux toits verts et les quatre amies pénétrèrent dans le hall du bâtiment. Des enfants surexcités attendaient le début d'une visite guidée.

Sur les indications de la responsable de la billetterie, Laura et ses compagnes trouvèrent Jack Newman sur la terrasse gazonnée, au bord de l'eau. Vêtu d'une longue blouse blanche et coiffé d'une casquette de marin, l'homme âgé était en pause, installé à l'une des tables de pique-nique devant un bol de chocolat chaud. Laura s'avança aimablement.

— Monsieur Jack Newman ?

— Oui, c'est moi, dit-il avec surprise.

— Bonjour, et pardonnez-nous de vous déranger pendant votre pause. Je m'appelle Laura Berger. Voici mes amies Cathy Fortier, Line Tran et Audrey Tousignant. La bibliothécaire de Rockland nous a dit que nous pourrions vous trouver ici. Nous avons besoin de renseignements sur les navires ayant vogué dans la région au dix-septième siècle. On nous a dit que vous connaissiez bien les bateaux.

— Effectivement. Sauf que le dix-septième siècle, c'est pas mal loin pour moi ! dit le marin qui s'exprimait dans un anglais difficile à comprendre.

— Est-ce qu'un bateau du nom de *Lucy-Jane*, commandé par le capitaine Charles O'Fox, vous dit quelque chose ? demanda Line abruptement.

— Absolument rien.

La réponse du vieil homme était tombée, aussi tranchante qu'un couteau. Les filles, découragées, se regardèrent avec désespoir.

— Savez-vous s'il existe dans la région un phare qui date du dix-septième siècle ? demanda Cathy, repensant à l'hypothèse de Laura.

— Ça, je peux vous affirmer qu'il n'en existe pas ! Par contre, je ne sais pas si ça peut vous intéresser, mais il y a une très vieille tour en pierre, pas très haute, qui servait de repère aux marins de cette époque.

— Où se trouve cette tour ? demanda Laura dont les grands yeux verts scintillaient à nouveau.

— Sur Matinicus, près du phare actuel. C'est une île située au large de la baie de Penobscot.

18

UNE AIDE INESPÉRÉE

Laura se retourna vers ses camarades. Cathy, Line et Audrey jubilaient.

Il existait donc une tour datant de l'époque du *Lucy-Jane* dans la baie de Penobscot !

Si l'intuition de Laura s'avérait juste, la solution de l'énigme pouvait bien s'y trouver ! Il fallait se rendre sur place le plus vite possible.

— Vous savez, il ne reste plus grand-chose de cette tour. Attendez-vous à ne voir que des ruines ! ajouta Jack Newman.

— Ce n'est pas grave. Cette information est importante pour nous et nous vous en remercions, souligna Laura. Comment peut-on se rendre sur l'île Matinicus ?

— C'est assez compliqué. Il n'y a que trois départs par mois l'été depuis le terminal de Rockland. Je vous conseille de téléphoner, ou mieux, de trouver un pêcheur qui vous y déposera et qui retournera vous chercher. Si vous y allez, choisissez un jour où il n'y a pas de tempête.

— Nous comprenons très bien ce que vous voulez dire, lança Cathy en adressant un clin d'œil complice à ses compagnes.

— Merci pour tout, monsieur Newman, dit Laura.

— De rien, mesdemoiselles.

— Une dernière chose… Cette tour datant du dix-septième siècle, est-elle bien connue dans la région? demanda Audrey, qui désirait savoir si elles détenaient un indice précieux et caché que les trois rôdeurs de l'Anse aux Sirènes pouvaient ignorer.

— Tout ce que je peux vous dire, c'est que je ne dois pas être le seul à en connaître l'existence puisque les archives de Boston y renvoient à plusieurs endroits.

— Merci encore, dit Laura alors que les jeunes femmes prenaient congé du vieux marin.

De retour à Rockland, elles organi-
sèrent leur excursion sur l'île Matinicus.
Par l'entremise de la capitainerie du port,
elles trouvèrent un pêcheur disposé à les
y amener dès le lendemain matin, et ce, à
prix modique.

— Je vous attendrai à six heures sur le
quai numéro deux. Apportez des vêtements chauds, surtout, leur avait
conseillé le capitaine Clark qui devait les
embarquer.

Laura et ses amies firent quelques
emplettes. Des bouteilles d'eau et des
sandwichs côtoyaient des serviettes de
bain et des vêtements de rechange au
fond de leurs sacs à dos.

Le lendemain matin, à cinq heures
quarante-cinq, elles étaient sur le ponton
numéro deux, chaudement habillées et
prêtes pour la traversée qui durerait
deux bonnes heures. Le capitaine Clark,
ravi de la ponctualité de ces jeunes
touristes, les convia à prendre place sur
son bateau de pêche, qu'il mit aussitôt
en marche.

Le soleil levant irradiait la surface des
flots d'un rose lumineux. Alors que le
sillon de l'embarcation fendait l'océan

en direction de l'île Matinicus, les passagères admiraient en silence la palette de couleurs qui s'installait progressivement dans le ciel.

Une succession de rochers et de plages de sable annonça enfin l'île à l'allure sauvage.

— Vous y voici! annonça le capitaine en sautant agilement sur l'unique ponton. Bonne excursion!

— Comme convenu, dit Laura en enfilant son sac à dos, je vais me rendre à la tour avec Audrey pendant que vous, les filles, vous nous attendrez ici avec la capitaine Clark. Nous n'en aurons pas pour bien longtemps si cette tour est une ruine.

— C'est d'accord. Et si vous n'êtes pas revenues dans deux heures, nous irons vous chercher, rappela Cathy.

— Faites attention! lança Line.

— C'est promis!

Elles avaient décidé de se séparer une fois arrivées sur l'île, au cas où un danger les guetterait, surtout que Laura et Audrey n'avaient plus de téléphone cellulaire. Après l'épisode du phare de Rockland qui avait failli être dramatique,

Laura ne voulait plus rien laisser au hasard et redoublait de prudence. Personne ne connaissait les plans des trois pillards qui, maintenant, en savaient autant qu'elles!

Le capitaine du bateau n'avait pas posé de questions sur ce que ces jeunes touristes québécoises étaient venues chercher sur l'île. Après tout, cela ne le regardait pas et il s'en fichait un peu, du moment qu'il ne leur arrivait rien et qu'il pouvait rentrer au port de bonne heure. Il avait pris d'autres engagements pour l'après-midi.

— Saluez Herbie, le gardien, si vous le voyez! Et n'oubliez pas: à quatorze heures au plus tard, il faut que nous quittions l'île, déclara-t-il.

— Ne vous inquiétez pas. Nous serons bientôt de retour, cria Laura. À tout à l'heure!

Laura et Audrey s'engagèrent sur le seul chemin qui, depuis le ponton, menait au phare et à la vieille tour. Cathy et Line regardèrent leurs camarades s'éloigner entre les arbres, puis rejoignirent le capitaine Clark dans la cabane de bois bâtie sur la plage.

Les deux filles marchaient d'un bon pas dans cette superbe forêt de bord de mer où l'odeur de la résine de sapin se mêlait à celle de l'océan. Dans une demi-heure au plus, elles apercevraient les pierres de la tour, seuls vestiges de l'époque du *Lucy-Jane*, cachées parmi les îlots de la baie de Penobscot.

Laura se sentait anxieuse : et si elle s'était trompée ? Et si son idée concernant l'*épouse des vents* se révélait être une fausse piste ? Elle s'efforçait de ne pas y penser. De toute façon, dans moins d'une heure, elle le saurait…

— *Who's here ?* (Qui va là ?)

La voix qui venait du plus profond des bois fit sursauter les deux filles, qui s'arrêtèrent net sur le sentier.

— *Who are you ?* (Qui êtes-vous ?)

Un homme assez âgé, grand et mus-clé, avait surgi des buissons en un éclair. Ses yeux noirs jetaient un regard inquisiteur.

— Lau… Laura Berger et Audrey Tousignant, bégaya Laura en anglais, effrayée par cette apparition. Nous… Nous venons voir la vieille tour près du phare.

— Herbert Cook, je suis le gardien de l'île, dit l'homme en les saluant. Désolé de vous avoir fait peur. Je vous accompagne à la tour.

Laura remercia le gardien.

« Finalement, ce n'est pas si mal que ce costaud soit avec nous », pensa-t-elle.

Elle lança un clin d'œil discret à Audrey, amusée de voir cet inconnu se joindre subitement à leur expédition. Le capitaine Clark leur avait bien dit deux mots à propos de cet homme qui vivait comme un ermite et travaillait sur l'île, mais elles ne pensaient pas le rencontrer si tôt.

L'océan était en vue au bout du sentier. À droite, sur les rochers, se trouvait l'élégant phare blanc au pied duquel s'abritait une petite maison au toit pentu.

— La tour est derrière le phare, précisa Herbert Cook en sautant de roche en roche.

— Est-elle vraiment en ruines ? demanda Audrey.

— C'est vrai qu'il lui manque des morceaux, mais elle a encore la forme d'une tour. C'est tout un exploit, quand on sait qu'elle a été construite en 1680 !

— Effectivement !

Au détour du phare, elles la virent enfin !

Des pierres rectangulaires, certaines minuscules, d'autres plus larges, étaient posées les unes sur les autres, formant un édifice conique dont la façade était aux deux tiers préservée. L'intérieur était envahi par les herbes, les roches et les briques tombées. Ne subsistait ni escalier, ni fenêtre, ni toit.

Audrey parut très déçue. Elle s'attendait visiblement à autre chose.

Laura, quant à elle, demeurait enthousiaste. Il lui fallait maintenant…

— On peut vous aider, peut-être ?

Laura reconnut aussitôt la voix masculine et grave qui parvenait de derrière.

Les filles et Herbert Cook se retournèrent. Un grand homme à la tignasse noire et un petit brun moustachu se tenaient déjà à moins d'un mètre d'eux.

— Encore ces petites morveuses ! Il faut leur régler leur compte une fois pour toutes ! dit le plus petit des hommes d'un air féroce.

— On n'a pas le temps ! répondit son complice en sortant rapidement sa matraque.

19

AU FOND DE LA GROTTE

Une douleur au cou ramena Laura à la conscience.

Audrey et Herbert Cook gisaient auprès d'elle, au fond de ce qui ressemblait à une piscine naturelle. L'eau s'engouffrait inlassablement dans cette grotte sombre à chaque mouvement de vague et de houle.

Elle réveilla doucement ses compagnons.

«Ouf! Ils sont en vie et n'ont rien de grave!» pensa la jeune femme avec soulagement.

Audrey examinait l'endroit dans lequel ils se trouvaient tandis qu'Herbert remuait la nuque afin de se délier les muscles.

— Qu'est-ce qui nous est arrivé? demanda la grande fille dont les courts cheveux noirs étaient tout mouillés.

— Ces deux gaillards qui semblaient vous connaître nous ont assommés près de la tour. Ils vous ont visiblement volé vos deux sacs à dos avant de nous jeter dans ce trou d'eau, répondit le gardien sous le choc d'une attaque à laquelle il ne pouvait s'attendre.

— Oh non !

— Qu'est-ce que c'est que cette histoire ? Voulez-vous bien m'expliquer ce qui se passe sur mon île, que diable ?

Le gardien avait raison. Il méritait qu'on lui donne des explications.

Laura s'empressa de résumer le but de leur expédition. Elle raconta brièvement qu'elle et ses compagnes avaient pour mission de récupérer un objet de famille caché sur l'île, un objet que trois bandits, dont les deux hommes qui venaient de les agresser brutalement, recherchaient également.

Herbert Cook sembla fort impressionné et écouta attentivement.

— Je vais vous aider, dit-il fermement. Premièrement, il faut sortir de ce trou d'eau, sinon nous allons nous noyer.

L'homme enleva sa chemise et la déchira d'un coup sec devant les deux filles intriguées. Il en fit deux larges morceaux dont il s'entoura les mains. Puis, de sa force herculéenne, il se hissa hors de la grotte en s'agrippant aux rochers coupants.

— Je reviens tout de suite, les rassura-t-il une fois arrivé au sommet de la paroi.

Il revint en effet après quelques minutes.

Il portait sur ses épaules un tronc d'arbre long et robuste. Il le glissa dans la grotte. Puis, il maintint le tronc incliné en place afin que Laura et Audrey se hissent hors du trou à leur tour. L'une après l'autre, elles s'accrochèrent à l'écorce et rampèrent prudemment jusqu'au sommet de la grotte.

— Sans vous, Herbert, nous aurions croupi ici longtemps! s'exclama Laura en remerciant chaleureusement leur sauveur.

Tâchant de se réchauffer malgré leurs vêtements trempés par l'eau de mer, les trois rescapés se mirent en marche en direction de la vieille tour. Ils n'en étaient pas si loin et pouvaient apercevoir le phare blanc et la petite maison au bout de la plage. Ils ralentirent cependant à l'approche des bâtiments afin d'observer ce qui s'y tramait. Car d'étranges bruits provenaient des lieux...

Tapis derrière le phare, Laura, Audrey et Herbert passèrent enfin leur tête le long du rebord du mur. Et ce qu'ils virent les fit tressaillir.

Le trio se tenait au pied de la vieille tour. Armés de pioches et de pelles, les malfaiteurs s'apprêtaient à creuser un trou.

Laura reconnut bien sûr les deux hommes qui les avaient assommés. Elle s'apprêtait à chuchoter quelque chose à ses compagnons lorsqu'elle s'aperçut qu'à l'arrière-plan, un bateau progressait entre les récifs, lentement et en silence. Sur le pont, la jeune femme reconnut Cathy, Line et le capitaine Clark qui venaient en renfort ! Laura ne pouvait s'attendre à meilleure surprise ! Inquiètes de ne pas les voir revenir, leurs deux camarades avaient sans doute convaincu le capitaine du bateau de s'aventurer proche du phare par la mer, malgré les nombreux écueils qui caractérisaient l'endroit.

— Une chance que ces malfrats tournent le dos au bateau. Nous devons profiter de la moindre distraction pour leur sauter dessus, murmura Laura à ses amis.

Au moment même où le bateau du capitaine Clark tentait d'accoster discrètement près des rochers, à une cinquantaine de mètres derrière les malfaiteurs occupés à creuser, une vague plus grosse que les autres frappa la coque de l'embarcation.

Le bruit attira l'attention des bandits qui se retournèrent aussitôt du côté du rivage.

Il n'en fallut pas plus aux trois amis tapis derrière le phare pour passer à l'action. Avec une énergie insoupçonnée et le plus silencieusement possible, Laura, Audrey et Herbert profitèrent de ce bref instant pour courir vers la tour et bondir sur les pilleurs qui leur tournaient le dos.

Laura saisit l'une des pelles laissées sur le sol et assomma le moustachu. Audrey sauta sur la femme et la maintint avec force, face contre terre. Quant à Herbert Cook, il s'empara facilement du deuxième homme. Le tenant à presque un mètre du sol, il s'adressa calmement au capitaine Clark accouru sur les lieux :

— Apportez-moi de la corde, qu'on ligote solidement ces trois coquins !

— C'est comme si c'était fait ! répondit le capitaine, surexcité par les événements. J'ai aussi appelé la police. On est chanceux, il y avait une patrouille dans le coin. Elle devrait arriver d'une minute à l'autre.

Cathy et Line s'étaient précipitées au secours de leurs amies et il leur fallut un moment pour se remettre de leurs émotions. Comme l'avait pressenti Laura, elles avaient décidé de venir voir ce qui se passait près de la vieille tour puisque, après deux heures, leurs camarades n'étaient toujours pas revenues vers le bateau.

Laura et Audrey restèrent longtemps sous le choc de l'assaut qu'elles venaient de lancer.

— Comme vous nous avez fait peur ! dit Line, encore ébahie.

— Vous avez été formidables ! leur lança Cathy avec admiration.

Tout en reprenant possession de leurs sacs volés et en enfilant des vêtements secs, Laura et Audrey racontèrent leur rencontre avec le gardien de l'île et leur séjour forcé dans la piscine naturelle après l'attaque des deux bandits.

— Ces trois voleurs sont exécrables, vraiment! dit Line qui semblait dégoûtée.

— Sans l'aide de monsieur Cook, on était bel et bien foutues, avoua Laura.

— Oui, on serait encore dans cet infâme trou d'eau! ajouta Audrey.

— Quelle surprise c'était de vous voir arriver en compagnie d'un grand et bel homme torse nu…

La remarque de Cathy fit s'esclaffer les quatre amies encore nerveuses, alors qu'on embarquait déjà les malfrats sur le bateau de la police qui venait d'accoster. Tant bien que mal, Laura réussit à faire un compte rendu bref, mais complet, aux officiers.

— Merci, mademoiselle Berger. Ces malins passeront aux aveux tôt ou tard et on saura bientôt ce qu'ils venaient faire par ici, vous pouvez me croire, dit l'un d'entre eux avec gravité. Si leurs intentions étaient de voler un trésor de famille, comme vous nous le dites, ils ne s'en sortiront pas facilement. D'autant qu'ils semblent avoir été très violents avec vous et vos amis… J'ai vos coordonnées, chez ce monsieur John Bricks. Nous vous appellerons très bientôt. Voulez-vous qu'on vous ramène sur le continent?

— Non, merci. Je dois vérifier quelque chose avant de partir. Le capitaine Clark pourra peut-être nous raccompagner un peu plus tard?

— Certainement! s'empressa de répondre le capitaine. J'ai encore un peu de temps à ma disposition.

Les policiers s'apprêtaient à repartir lorsque Laura s'adressa à eux une dernière fois depuis le rivage:

— Pourriez-vous appeler monsieur Bricks pour l'informer des derniers événements, et lui dire que nous serons chez lui dès ce soir?

— C'est noté, mademoiselle Berger. Bon retour et à bientôt!

Le bateau était maintenant loin, emmenant à son bord les trois criminels qui avaient talonné Laura et ses amis.

Quel soulagement de les savoir hors d'état de nuire! Enfin! Laura rêvait de ce moment depuis sa seconde baignade dans l'Anse aux Sirènes!

— Alors?

La question de Line avait tiré Laura de ses pensées. Son amie lui tendait une pioche.

— À vous les honneurs, chère exploratrice!

— Déterre-nous ce trésor! lança Audrey dont les beaux yeux noirs brillaient.

— À mon avis, le trésor n'est pas enterré, répondit tout de go Laura à ses camarades ahuries.

La jeune femme demanda à Herbert et au capitaine Clark d'installer solidement l'échelle en bois que les bandits avaient dû laisser sur les lieux.

Il fallait bien la fixer sur le mur de la façade ouest de la vieille tour. Quelle chance que ce mur ait résisté aux années!

— *Épouse des vents de Penobscot, de la lumière à la terre, des huit marches gracieuses au V du Levant*, récita Cathy à voix basse.

Tout comme ses camarades, elle ne parvenait pas à comprendre ce que

Laura avait en tête ni ce qu'elle s'apprêtait à faire avec cette échelle.

Pourtant…

Son amie grimpa l'échelle avec souplesse jusqu'au sommet de la vieille tour, qui n'était pas très haute. Puis, elle demanda au capitaine de lui indiquer, à l'aide de sa boussole, la plus juste position de la direction ouest afin de se placer correctement.

À voix haute, elle compta huit rangées de pierre à partir du haut, puis cinq pierres vers la droite.

Elle tâtonna pendant plusieurs minutes.

Au bas de la tour, les autres, ébahis, restaient silencieux.

Enfin, Laura glissa ses doigts entre la cinquième et la sixième pierre et en ressortit… une clef ornementée!

20

RETOUR AUX SOURCES

Herbert Cook, le capitaine Clark, Cathy, Line et Audrey, tous observaient, estomaqués, Laura qui redescendait l'échelle en brandissant victorieusement la clef qu'elle venait de découvrir entre les pierres de la vieille tour de l'île Matinicus.

— Qu'est-ce que ça veut dire? demanda Audrey, interloquée.

— Je ne le sais pas vraiment, répondit son amie, rayonnante. J'ai bien une autre idée... mais pour la vérifier, il faut retourner chez le vieux John.

— Hein? s'exclama Cathy avec nervosité.

Quel était ce parcours sans fin qu'il fallait suivre pour mettre la main sur le fameux trésor du *Lucy-Jane*?

Laura ne voulut pas en révéler davantage. Cette fois-ci, son idée n'était pas nette et elle nourrissait de réels doutes à propos de ce que cette clef en métal argenté était censée ouvrir…

Après avoir remercié le gardien de l'île et lui avoir promis de le tenir au courant de ce qu'elles découvriraient, les jeunes femmes revinrent sur le continent à bord du bateau du capitaine Clark, qu'elles saluèrent chaleureusement. Elles retrouvèrent leur voiture dans le stationnement du port de Rockland et prirent aussitôt le chemin du retour vers le chalet où miss Andrews et John Bricks devaient les attendre impatiemment.

Après un peu plus d'une heure de route, Laura et ses compagnes reconnurent avec joie le sentier qui pénétrait la forêt jusqu'à la crique de Deer Isle où se trouvait la maison du vieux John.

Le grand barbu et Mary les accueillirent avec bonheur et gaieté.

— Vous voilà enfin! s'exclama Mary en embrassant tendrement les jeunes femmes. Depuis que la police nous a prévenus de l'arrestation des trois criminels, nous avions si hâte de vous retrouver!

— Nous avions hâte de vous revoir aussi, vous savez! dit Laura.

— Et alors? Qu'avez-vous trouvé sur l'île Matinicus? s'enquit John Bricks sans plus attendre.

— Voyons, John! protesta miss Andrews. Laisse-les arriver! Je suis sûre qu'elles doivent mourir d'envie de prendre un bain et de se changer. Elles nous raconteront tout ensuite.

— Ce n'est pas de refus! dit Audrey, qui avait hâte de se dessaler.

— Mmm... Comme ça sent bon! lança Cathy.

Effectivement, des odeurs divines de plats mijotés émanaient de la cuisine du chalet.

À peine une demi-heure suffit aux filles pour faire leur toilette. Surexcitées par leur découverte, elles ne pouvaient patienter plus longtemps avant d'en informer leurs hôtes!

— Alors? demanda timidement le vieil homme tandis que tous étaient réunis dans le salon, devant l'âtre, un verre de porto à la main.

— Une clef! répondit Laura en exhibant l'objet. Nous avons enfin trouvé une clef dans la vieille tour de l'île Matinicus, qui est l'un des rares vestiges qui subsistent de l'époque du *Lucy-Jane* dans la baie de Penobscot.

— Je ne comprends toujours pas comment tu t'y es prise pour la trouver ! dit Cathy avec admiration.

— Oui. Expliquez-nous, chère Laura. Comment avez-vous résolu l'énigme ? supplia Mary, époustouflée.

— J'ai eu de la chance, en réalité, car ce n'était qu'une intuition. J'ai pensé que l'*Épouse des vents de Penobscot* pouvait désigner un bâtiment guidant les bateaux lors des tempêtes, comme un phare. J'ai aussi tout de suite pensé à la direction de l'ouest, d'où proviennent fréquemment les vents soufflant dans la baie. Mais il fallait trouver un phare datant de 1690, date probable du passage du *Lucy-Jane*. Arrivée à la tour de l'île Matinicus, dont un marin de Boothbay Harbor nous avait appris l'existence, je me suis positionnée face à la pierre la plus précisément à l'ouest. Puis, j'ai compté à partir du sommet vers la base de la tour, comme pouvait l'indiquer la mention *de la lumière à la terre*, huit rangées de pierres, *les huit marches gracieuses*, puis, enfin, cinq pierres vers la droite, vers le *Levant*, c'est-à-dire vers l'est. Je vous avoue que ce *V du Levant*, qui faisait référence à 5 en chiffre romain, m'a posé bien des problèmes !

— Cela n'a pas paru, chère amie ! s'exclama Line en riant.

— Quelle intelligence, jeune fille ! dit le vieux John, très impressionné.

— Trinquons à la perspicacité de notre super détective ! déclara Audrey en levant son godet de porto.

Les six godets s'entrechoquèrent gaiement.

Depuis un moment déjà, John Bricks observait la clef ornementée en métal argenté trouvée dans la tour.

Cathy ne semblait plus tenir en place. Elle s'adressa à Laura :

— Tu as dit plus tôt que tu avais une idée de ce que cette clef pouvait ouvrir et qu'il fallait revenir ici pour confirmer tes soupçons.

— Oui, c'est peut-être l'heure de vérité ! plaisanta nerveusement Laura. John, pouvez-vous me montrer de nouveau le coffret que je vous ai rapporté de l'Anse aux Sirènes ?

Le vieil homme, Mary et les filles se regardèrent avec étonnement. Qu'est-ce que leur amie avait donc en tête?

Pendant que John Bricks montait à l'étage chercher le coffre, Laura raconta l'anecdote à ses trois camarades, qui découvraient ainsi ses talents d'archéologue sous-marin.

John revint en silence, tenant le coffret dans ses bras. Il le tendit à Laura.

Cette boîte en bois rongé par l'eau de mer, dont la serrure rouillée n'entravait pas l'ouverture, était bel et bien vide.

Au moment où ses doigts avaient touché la clef entre les pierres de la vieille tour, sans trop savoir pourquoi, Laura s'était remémoré les propos de Martin Gros-Pierre dans son laboratoire des Îles-de-la-Madeleine: *Certains de ces petits coffres avaient des pierres précieuses et des perles de nacre incrustées, des doubles couvercles ou des doubles fonds qui pouvaient abriter des bijoux ou des épices coûteuses…*

Sans plus attendre, la jeune femme glissa la clef argentée dans la serrure du coffret déjà ouvert.

Ses amis abasourdis observaient ses moindres gestes et retenaient leur souffle.

Laura eut beau tourner la clef, rien ne se produisit.

Elle ne força pas, car ces deux objets étaient fragiles.

— C'était pourtant une belle idée…, murmura Line devant ses amies déçues.

De toute façon, il était normal que cette clef datant peut-être de l'époque du *Lucy-Jane* n'ouvre pas cette boîte fabriquée au dix-neuvième ou au vingtième siècle. Le contraire eût été plutôt étonnant !

— Allez, il faut souper maintenant, suggéra Mary qui voulait dédramatiser la situation. Nous trouverons probablement une idée concernant cette clef en mangeant. Mais où notre John est-il encore passé ?

Le vieil homme à la barbe blanche avait de nouveau gravi l'escalier du chalet jusqu'aux chambres. Il revint s'asseoir près de ses invitées.

Il tenait un objet recouvert d'une toile de jute brune. Ses yeux semblaient emplis d'eau.

— Laura, commença-t-il avec émotion. Je n'ai pas voulu vous le dire lorsque vous m'avez fait ce cadeau, c'était tellement gentil de votre part et tellement courageux d'avoir plongé au fond de l'eau. Je ne me sentais pas le cœur à prendre le risque de dévaloriser ce présent qui reste très précieux à mes yeux.

Il s'arrêta de parler pour reprendre son souffle. Laura avait déjà compris…

— Le coffret que vous m'avez offert, reprit-il, gisait au fond de l'Anse aux Sirènes depuis le naufrage d'un bateau du vingtième siècle, comme vous me l'avez expliqué l'autre jour. Celui que j'ai chez moi et que voici…

Le vieux John souleva la toile de jute brune et découvrit un coffret semblable à celui que Laura tenait encore dans ses bras. L'objet était plus lisse et d'un bois à l'allure soyeuse.

— … a été transmis dans ma famille de génération en génération. C'est dans cette simple boîte en bois donnée par ma grand-mère que se trouvait le parchemin à la phrase mystérieuse que je vous ai montré il y a quelques jours. Il n'y avait rien d'autre à l'intérieur. C'est aussi pour cela que je n'ai pas cru nécessaire de vous en parler.

Les beaux grands yeux verts de Laura s'étaient mis à briller d'un éclat plus intense. Mary et Cathy avaient toutes deux porté leurs mains à leurs joues tandis que Line et Audrey demeuraient bouche bée.

D'un geste lent et presque cérémonieux, Laura tendit la clef ornementée à John Bricks.

Il s'en empara avec douceur et reconnaissance et, sans plus attendre, la glissa dans la serrure du coffret déjà ouvert.

Un déclic brisa le silence.

Le couvercle de la boîte se dédoubla et s'ouvrit.

21

LES AMIS DE LEWIS

Un éclat sublime éblouit John Bricks, miss Andrews, Laura et ses trois amies qui s'étaient penchés sur le coffret dont le vieil homme venait d'ouvrir le double couvercle secret.

Un bijou en forme de cœur d'une intense beauté et d'une pureté sans pareille étincelait!

Le Cœur d'Or!

Ainsi, c'était vrai! Cette œuvre admirable existait bel et bien!

Aux côtés de ce trésor de joaillerie se trouvait une lettre parfaitement conservée.

Les six compagnons émerveillés restèrent longtemps muets face à cette découverte inespérée, n'osant toucher aucun des objets.

Était-ce Lewis Stewmore lui-même ou Charles O'Fox qui avait fermé cet écrin pour la dernière fois, il y avait plus de trois cents ans ?

Le vieux John osa parler le premier.

— Quand je pense que j'avais le trésor chez moi pendant toutes ces années…

— C'est une vraie splendeur, chuchota simplement Laura en admirant le pendentif en or que Mary avait délicatement pris entre ses doigts.

Cathy, Line et Audrey, grandement impressionnées, se passèrent l'objet précieux avec précaution.

Rebondi malgré ses contours fins et élégants, le Cœur scintillait dans la lumière du soir. Une clarté merveilleuse paraissait émaner de sa surface douce et polie.

Ce somptueux bijou était-il véritablement l'œuvre d'un de ces géniaux joailliers de la Renaissance italienne, comme la légende le prétendait ? Nul ne pouvait l'affirmer.

— Me permets-tu, John ? demanda Mary qui s'apprêtait à lire la lettre pliée en quatre qui reposait dans le coffret.

— Certainement, ma chère Mary, répondit son oncle, au comble de l'émotion.

Que cachait cette lettre? Le trésor était-il autre chose qu'un bijou, tel que John Bricks l'avait toujours espéré?

Mary parut bouleversée.

— C'est un document signé par Lewis Stewmore, auquel s'ajoute un dessin. Je crois qu'il s'agit du portrait de notre ancêtre… Cette lettre est datée du 18 août 1690! Écoutez cela, dit-elle solennellement en s'apprêtant à traduire le texte de l'anglais au français.

Ordre du roy Henry pour l'Italien à la pierre qui luit de King's Chapel.

Pitié pour les Narragansetts. Avec vous pour toujours dans cette seule bataille de décembre de l'an de grâce 1675 qui me vit tous vous perdre. Avec toi, Métacom, mon ami, tué en ce terrible jour d'août 1676.

Lewis Stewmore
Le 18 août 1690

À la stupéfaction de tous, miss Andrews lut de nouveau le contenu de cette lettre qui avait été écrite plus de trois siècles auparavant.

— Les Narragansetts? répéta le vieux John, ébranlé par ce qu'il venait d'entendre.

— Avez-vous une idée de ce que cela signifie? demanda Laura qui, comme ses amies, semblait très émue.

— Oui, du moins je le crois.

Le vieil homme examina attentivement le portrait de son aïeul dont il découvrait enfin les traits. Il se cala dans son fauteuil et prit une longue inspiration avant d'entreprendre son récit.

— En fait, entre 1675 et 1676, on a assisté à la plus dévastatrice des guerres menées entre les colons anglais et les Amérindiens de la Nouvelle-Angleterre, commença-t-il. En 1675, les trois tribus indigènes Narragansett, Nipmuc et Wanpanoag, dirigées notamment par Métacom, que les Européens connaissaient sous le nom de roi Philippe, se sont révoltées contre les colonies de la Nouvelle-Angleterre à la suite de l'emprisonnement et de l'exécution sommaire de trois Wanpanoags; ces individus avaient été reconnus coupables du meurtre d'un des leurs, un Amérindien converti au christianisme qui servait d'informateur aux Anglais. Les Indiens attaquèrent par surprise les campements anglais. Des raids effroyables eurent lieu et des villes furent brûlées. Les colons misèrent sur l'animosité des tribus adverses et l'aide d'informateurs pour vaincre. Métacom fut tué. Sa famille et des centaines d'autres personnes furent vendues comme esclaves aux Antilles. Cette campagne militaire menée par les colons a presque totalement décimé les nations Narragansett, Nipmuc et Wanpanoag.

Le vieil homme à la barbe blanche s'interrompit dans son récit pour reprendre une lampée du porto que Cathy venait de resservir dans les godets vides des six compagnons.

— D'ailleurs, reprit-il la gorge nouée, comme cette lettre écrite et signée par Stewmore le confirme, on dit qu'au cours d'une seule et même bataille contre les Anglais, en décembre 1675, la tribu des Narragansetts aurait perdu vingt pour cent de sa population.

— Quelle horreur! chuchota Cathy.

— On comptait dix mille individus en 1610, ils n'étaient plus que cinq mille en 1674 et à peine cinq cents en 1682…

— Et vous pensez que votre ancêtre Lewis Stewmore s'est donc battu aux côtés des Narragansetts pour les défendre contre les Anglais? demanda Laura, fascinée.

— C'est maintenant une certitude! affirma-t-il avec fierté. Mon grand-père parlait de lui comme d'un héros et je crois que je comprends pourquoi. Imaginez-vous, il n'avait que quatorze ans en 1675! Il fallait du courage pour agir de la sorte, à son âge et, disons-le, pour un Anglais! Peu de ses compatriotes se sont battus auprès des Indiens. Cette lettre nous apprend qu'il a perdu beaucoup de ses compagnons au cours de cette guerre, notamment le chef Métacom en 1676, dont j'ignorais qu'il fût l'ami.

— Quelle histoire incroyable! s'exclama Line.

Ses trois amies et miss Andrews restaient muettes, subjuguées par les remarquables révélations du vieil homme.

— Comment expliquer que votre aïeul ait eu un tel bijou en sa possession? demanda Laura dont le regard s'était de nouveau posé sur le Cœur d'Or.

— Ça, je n'en ai pas la moindre idée, avoua John, médusé.

— La réponse se trouve peut-être dans la première partie de sa lettre, suggéra Audrey.

Cathy répéta à voix haute la section en question : *Ordre du roy Henry pour l'Italien à la pierre qui luit de King's Chapel...*

— Cette pierre qui luit est-elle le Cœur d'Or? demanda-t-elle.

— Cet Italien, qui peut-il bien être? ajouta Line. Et qui est ce « roy Henry »?

— Je ne connais pas la réponse à vos questions, mesdemoiselles. Mais ce que je sais, c'est que nous devons aller à Boston! lança Mary en terminant son verre de porto d'un seul trait.

22

KING'S CHAPEL

— Boston ? Pourquoi devrait-on aller à Boston ? s'écria Laura, stupéfaite.

— La King's Chapel est l'emplacement d'une des plus vieilles églises de la ville, répondit miss Andrews.

— Notre ancêtre y a peut-être dissimulé un objet à notre intention il y a plus de trois cents ans ! compléta le vieux John au comble de l'excitation.

— Qui sait ? répondit gaiement Mary dont les yeux clairs brillaient plus intensément que le Cœur d'Or laissé dans son écrin.

Tôt le lendemain matin, Line et Audrey prenaient le volant de la camionnette de John, que celui-ci ne conduisait plus que pour se rendre au bourg, situé à quelques kilomètres. Cathy, le vieil homme et miss Andrews embarquèrent dans la voiture de location que Laura pilotait. Les deux véhicules prirent la direction de Boston, avec à leur bord des passagers particulièrement joyeux et impatients!

La veille, Laura avait reçu des nouvelles des policiers ayant pris en charge les trois malfaiteurs de l'île Matinicus. Ceux-ci avaient finalement avoué leurs méfaits, depuis les tentatives de noyade dans l'Anse aux Sirènes jusqu'au pillage de la vieille tour pour y trouver le trésor, un bijou d'une inestimable valeur. Ils avaient également rendu l'authentique parchemin volé aux filles dans le phare.

Laura avait demandé conseil aux policiers à propos des objets précieux découverts chez John, le Cœur d'Or et la lettre originale de Stewmore datant de 1690. Il fut convenu que les agents viendraient le soir même chercher ces artefacts, afin de les placer dans un coffre de sûreté jusqu'au lendemain matin où ils seraient envoyés pour expertise dans un musée de Boston. Ce qui fut fait. À sa grande surprise, Laura récupéra son téléphone cellulaire, bosselé et abîmé, qui lui avait été confisqué par l'un des bandits dans la maison de Penobscot!

En ce jour de plein soleil, la destination de l'équipée était donc la King's Chapel de Boston, à environ quatre cents kilomètres à l'ouest de la baie de Penobscot et du chalet du vieux John. Celui-ci se trouvait dans un état de surexcitation qui amusa follement les filles! Ses grands yeux en amande avaient exprimé une joie sans pareille lorsqu'il avait compris qu'il redécouvrirait sous peu la ville quittée l'année de ses douze ans!

Ce n'est qu'au milieu de l'après-midi que nos compagnons franchirent les limites du Vieux Boston. Ce quartier se confondait avec celui des affaires. Au nord, se trouvaient l'hôtel de ville et le siège du gouvernement, alors que se côtoyaient plus à l'est les gratte-ciel et l'industrie de pointe dont la modernité des constructions époustoufla l'oncle de Mary.

La King's Chapel était située dans la partie la plus ancienne de la ville, sur l'emplacement de la première chapelle construite en 1688. Bien entendu, John Bricks, qui avait en tête l'image de la ville quittée en 1922, ne reconnut pas le bâtiment construit en 1927 qui abritait le luxueux hôtel Omni Parker House. En revanche, son cœur battit plus fort lorsqu'il aperçut d'abord la Old South House, cette église construite en 1729, célèbre pour avoir été un centre de contestation après la guerre d'Indépendance, et puis surtout, le Boston Globe Store qui, depuis 1829, était une librairie.

— C'est l'un des plus anciens magasins des États-Unis, confia-t-il à ses jeunes amies.

Ils garèrent les deux véhicules près du cimetière de la King's Chapel, petit espace vert écrasé par les volumes impressionnants des bâtiments modernes. L'un des plus vieux cimetières de la ville abritait des pierres tombales aux sculptures étonnantes.

Laura et ses compagnons pénétrèrent enfin dans la chapelle. Depuis les offices de 1688 auxquels assistèrent les représentants de la couronne britannique, l'édifice avait été reconstruit. Un beau lustre ornait le haut plafond. Des vitraux clairs et de larges arches y diffusaient une lumière douce, mettant en valeur une chaire en forme de coupe. Un homme du clergé se tenait à l'entrée de l'édifice. Laura le salua aimablement et lui demanda s'il subsistait des vestiges de la première église.

— Sur votre droite, une crypte abrite les restes des premières fondations.

Peu après, Laura et ses amis découvraient enfin l'intérieur de la petite pièce peuplée des lueurs dansantes de bougies colorées. Au centre, une dizaine de pierres étaient exposées sur une stèle. L'une d'entre elles était pourvue d'une plaque gravée, indiquant la date de 1688.

— C'est tout ce qui reste de la première chapelle ? s'exclama Cathy.

— J'en ai bien peur, dit Laura, également ment déçue.

Miss Andrews et le vieux John contournèrent la stèle, examinant les vestiges avec une grande attention, tandis qu'Audrey et Line cherchaient des indices sur les murs.

— *Ordre du roy Henry pour l'Italien à la pierre qui luit…* répéta Line à voix basse. Qu'est-ce que nous devons chercher ici ?

— Je ne sais pas, mais je reviens de loin ! Au début, je croyais qu'on devait trouver l'épave d'un navire au fond de l'océan! lui chuchota sa camarade d'un ton ironique.

Laura et Cathy s'étaient plantées face à la roche gravée. Celle-ci était remarquablement plate et érodée. Cathy s'apprêtait à y poser les mains lorsque l'homme d'église surgit devant elles. Les traits de son visage s'étaient durcis.

— *What are you looking for?* (Que cherchez-vous?)

Cathy avait sursauté comme si on l'avait surprise en train de faire un mauvais coup. Ses joues s'étaient aussitôt empourprées.

— Euh, bégayait-elle.

— Un document de famille mentionne une *pierre qui luit* datant de la toute première église, se hâta d'expliquer Laura en anglais. Nous voudrions juste la voir.

— Vous voulez sans doute parler de la Pierre de Louis, répondit le religieux. C'est le nom donné à l'une des roches de la première fondation, du nom du graveur de l'époque qui y a inscrit la date de 1688 sur une plaque d'argent. C'est elle.

L'homme désigna la petite pierre, puis il s'éloigna d'un pas pressé, rejoignant un groupe de touristes qui faisait son entrée dans l'édifice.

C'était donc elle…

Cathy, Line, Audrey, miss Andrews et John Bricks formaient un cercle face à Laura qui examinait la stèle.

— Et maintenant? demanda à voix basse Mary, décontenancée.

— Restez en cercle autour de moi, murmura la jeune détective. Je vais inspecter de près cette Pierre de Louis, mais je ne voudrais pas que notre surveillant me surprenne…

— Allez-y, ma chère Laura! Je vous donne ma bénédiction! chuchota John, surexcité par l'audace de l'acte que la jeune femme s'apprêtait à commettre.

D'un geste souple et précis, Laura s'empara de la roche à la plaque gravée. Elle l'examina rapidement de tous les côtés, puis elle la tapota sous le regard anxieux de ses compagnons.

Elle frappa un dernier coup, plus sec et plus violent, sur la plaque en argent, qui se déboîta sans bruit.

Un bout de papier tomba aux pieds de la jeune femme.

23

OLD HENRY

Comme chaque soir d'été, l'océan offrait un spectacle sans pareil dans la baie de Penobscot. Le soleil lançait ses rayons roses entre les îlots rocheux alors qu'au loin, de longs voiliers blancs voguaient sous la brise.

Confortablement installés sur la belle terrasse de bois qui reliait le rivage au chalet de pin clair, Laura et ses amies profitaient de leurs derniers jours de vacances en compagnie du vieux John et de Mary Andrews. Tous avaient l'esprit un peu ailleurs, probablement avec Lewis Stewmore et Charles O'Fox, au pied de cette tour où ils avaient conçu l'énigme.

Ce fut Laura qui brisa le silence.

— Au début, je pensais qu'on devait chercher une épave près des Îles-de-la-

Madeleine! Si j'avais su qu'il fallait trouver une clef en argent cachée dans une vieille tour près d'un phare en Nouvelle-Angleterre, ouvrant le double couvercle d'un coffret appartenant à un descendant d'un passager illustre du *Lucy-Jane*... Double couvercle dans lequel se trouvaient un bijou extraordinaire et un indice pour mettre la main sur un document historique du quinzième siècle... Je crois que j'en aurais perdu la boule pour toujours!

La remarque de la jeune femme provoqua l'hilarité générale.

— Savez-vous, Laura, que j'ai finalement pu conserver ce fameux coffret en bois où reposaient le parchemin, le Cœur d'Or et la lettre de Stewmore? déclara le vieux John.

— C'est bien mérité! Quel superbe souvenir!

— Je lui ai trouvé un usage contemporain!

John Bricks ouvrit le coffre qu'il tenait entre ses mains. Un éclat rouge en jaillit.

— Un téléphone! s'écria Cathy en découvrant l'objet en plastique.

— Quelle merveilleuse idée, John! s'exclama Mary en embrassant son oncle qui avait toujours été réfractaire à ce genre d'appareil. Enfin, tu ne seras plus isolé et je pourrai t'appeler aussi souvent que je le voudrai!

— J'en suis moi aussi ravi, ma belle.

— Bienvenue dans le vingt et unième siècle, John! railla Audrey, impertinente.

— Holà! Pas si vite! répondit du tac au tac le vieil homme en riant aux éclats.

Toute cette aventure semblait bien l'avoir rajeuni. Il ajouta d'un air malicieux:

— D'abord, je veux conserver mon droit de faire cuire des châtaignes dans ma cheminée.

— Refusé! plaisanta Laura qui se souvenait de l'incendie évité de justesse.

— Ensuite, je veux m'acheter une porte d'entrée plus robuste afin d'éviter l'entrée des intrus.

— Faites-le si vous voulez, John, compléta Laura en riant. Mais sachez que je n'hésiterai pas une seule seconde à enfoncer de nouveau cette porte si vous recommencez à jouer avec le feu!

— D'habitude, les jeunes sont plus gentils avec les personnes âgées, grommela le vieillard d'un air taquin en serrant affectueusement la main de Laura.

Une grande reconnaissance pouvait se lire sur son visage.

— Quand je songe que j'avais ces fabuleux trésors sous les yeux depuis l'âge de quatorze ans, dit-il.

— Il a fallu qu'une jeune Québécoise amatrice de voile s'intéresse à la destinée du *Lucy-Jane*! ajouta Mary.

— Je ne saurai jamais comment vous remercier, Laura, dit le vieil homme ému. Sans votre aide ni celle de vos charmantes amies, je n'y serais jamais arrivé. Non seulement ai-je pu me rapprocher de ma chère nièce Mary, mais j'ai aussi appris que notre aïeul, dont nous connaissons maintenant le visage, était un homme courageux. Un homme qui n'a pas mal agi durant la colonisation sauvage et les guerres qui ont dévasté son époque.

— C'est à nous de vous remercier, John, répondit la jeune détective avec sérieux. Pour nous avoir fait confiance et nous avoir permis de partager cette merveilleuse histoire avec vous!

— Oui, merci! s'exclamèrent joyeusement Cathy, Line et Audrey qui venaient de se remémorer leur emprisonnement dans le phare sous la tempête.

— La missive du roi trouvée dans la chapelle, le Cœur d'Or, la lettre et le parchemin de Stewmore découverts dans le coffret sont maintenant en sécurité à Boston, reprit Laura. Quant à votre aïeul, Lewis Stewmore, et à son ami, Charles O'Fox, on peut dire qu'ils étaient en avance sur leur époque par leurs idées et leurs convictions! Ils ont fait preuve d'une grande bravoure! Et plus personne ne pourra jamais les oublier!

Laura relut encore une fois le texte qu'elle avait recopié de la lettre découverte la veille dans la chapelle, sous la plaque d'argent de la Pierre de Louis. Lorsqu'elle l'avait déchiffrée, dans la lueur dansante des bougies de la chapelle et sous le regard anxieux de ses cinq compagnons, deux éléments extraordinaires avaient retenu son attention: cette lettre manuscrite était signée de la main d'Henry VII, roi d'Angleterre, et elle était adressée à Jean Cabot, célèbre explorateur italien du quinzième siècle! Non seulement ils avaient découvert le fabuleux et légendaire Cœur d'Or, ce bijou que des experts venaient d'authentifier comme l'œuvre exceptionnelle d'un joaillier italien de la Renaissance, mais ils venaient également de mettre au jour la missive originale signée par le roi d'Angleterre lui-même, qui autorisait Jean Cabot à prendre possession du Nouveau Monde ! En 1497, Cabot atteignait la Nouvelle-Angleterre, portant le Cœur d'Or autour du cou, son pendentif porte-bonheur !

Cet après-midi-là, l'experte du musée de Boston avait téléphoné au vieux John pour lui transmettre les derniers éléments manquants du puzzle. Laura et ses amis avaient donc pu reconstituer la stupéfiante histoire des compagnons Lewis Stewmore et Charles O'Fox en ces jours de 1690.

24

LEWIS ET CHARLES

En ce vingt et unième jour du mois d'août de l'an 1690, près des flots rosés de la baie magnifique, l'esprit de Lewis divague. L'homme, qui a revêtu le costume d'un soldat de la marine, pense à sa mère bien-aimée, Gloria, et à ce tout jeune frère qu'il n'a pas encore embrassé.

Installé dans l'herbe au pied de la tour, sur cette île sauvage qu'il ne connaît pas, Lewis doit écrire. Une plume entre ses doigts, il maintient maladroitement la grande feuille blanche posée sur ses genoux.

Mais le jeune médecin n'a pas le cœur à concocter une énigme.

Il y a trois jours que le *Lucy-Jane* a quitté le port de Boston. Le bateau s'est habilement joint à la flotte des navires anglais sous les ordres de l'amiral sir William Phips. Dans cette guerre terrible qui oppose la Nouvelle-Angleterre à la Nouvelle-France, ces milliers de miliciens partent pour se battre et assiéger la ville de Québec.

Ce jour-là pourtant, Charles O'Fox, le capitaine du *Lucy-Jane*, n'a pris la mer que pour sauver son ami. Certes, comme les autres navires de la flotte, il a lui aussi embarqué des vivres et des miliciens. Mais cette expédition n'est qu'une fuite organisée, Lewis le sait très bien.

Charles, cet homme massif à la chevelure noire et bouclée qui s'est assoupi dans l'herbe au pied de la tour, est un ami comme Lewis Stewmore n'en a jamais eu d'autre.

Il était à ses côtés lorsqu'il s'est battu auprès des Narragansetts en 1675, alors que Lewis n'avait que quatorze ans. Charles, tout comme lui, était l'ami de Canonchet, le chef de la tribu, et du fils du chef des Wanpanoags, Métacom. Lui aussi a connu la violence des combats, l'injustice des meurtres et la révolte dans son cœur. Au cours des batailles, cet homme courageux avait souffert de la plus terrible des douleurs : la mort de sa femme Lucy et de leur fille Jane.

Lewis se souvient fort bien de cette nuit passée dans une échoppe du port, quand il a confié à son meilleur ami qu'en guise de protestation contre l'esprit de conquête et les guerres contre les premiers peuples, il désirait dérober le Cœur d'Or, ce bijou superbe porté par l'explorateur Jean Cabot en 1497. Son projet ambitieux n'était pourtant pas sans risque. La pièce précieuse de joaillerie, d'une grande valeur symbolique pour les colons, était soigneusement enfermée dans le coffre d'un riche propriétaire anglais à Boston.

Stewmore se rappelle fort bien la réaction de son fidèle compagnon de lutte.

— Parbleu, mon ami ! Je t'aiderai ! lui avait-il aussitôt répondu.

Charles était encore à ses côtés lorsque Lewis avait subtilisé, chez un riche professeur de l'université Harvard, un document historique signé en 1496 par Henry VII autorisant Jean Cabot à explorer le Nouveau Monde et à prendre possession de tous les territoires situés au nord de la Floride et à l'est des montagnes Rocheuses. Il l'avait même aidé à cacher cet ordre de mission, grâce à son ami Louis, graveur à Boston, qui fabriqua alors une plaque d'argent spéciale destinée à une pierre de la future chapelle.

Le vol de cette missive originale signée par le roi d'Angleterre en personne constituait un acte politique sans pareil! De fait, cette disparition ajoutée à celle du Cœur d'Or avait entraîné un effroyable scandale dans la cité, et enflammé l'ardeur de ses amis amérindiens.

Avec les années, Lewis entreprit des études de médecine et se fiança en secret à Lia. Jeune médecin de Boston, plus discrètement que jadis impliqué dans les luttes sociales et politiques, il travailla fort.

Jusqu'à ce maudit jour de juillet 1690 où un traître le dénonça.

Le jeune homme de vingt-neuf ans avait eu beau plaider le crime politique, il fut jugé coupable des vols et condamné à mort par pendaison. On l'emprisonna. Pour son grand malheur, les colons anglais traquèrent sa compagne des jours durant… et tuèrent la douce Lia.

Une semaine plus tôt, au moment où l'on s'apprêtait à le pendre sur le terrain public de Boston Common, son ami Charles lui avait sauvé la vie…

Cet homme à la chevelure noire et bouclée, endormi dans l'herbe sur cette île inconnue en ce jour du mois d'août 1690, cet homme avait risqué sa vie pour lui, Lewis Stewmore.

Charles O'Fox avait passé des jours à préparer l'évasion de son ami. La diversion produite sur Boston Common, l'attaque du bourreau, la folle poursuite dans les rues étroites entre les maisons de bois, la nuit passée dans le cimetière de Corpse Hill à attendre le lever du jour et, enfin, l'embarquement sur un baleinier de Boston jusqu'à ce que les événements soient presque oubliés : tout avait été judicieusement planifié !

Ensuite, il avait fallu fuir, et au plus vite. Stewmore avait été jugé coupable des vols, il s'était évadé et on le soupçonnait de détenir encore les butins.

Le capitaine du *Lucy-Jane* avait proposé de prendre la mer en se mêlant officiellement aux navires de la flotte de l'amiral Phips devant quitter Boston le 19 août. Par contre, il n'était pas question d'embarquer les trésors. La missive du roi était fort bien cachée dans la chapelle, certes, mais il restait à dissimuler le bijou afin de le mettre hors de portée des brigands, des pillards et des colons anglais désireux de retrouver leur symbole de conquête.

Avant d'embarquer sur le *Lucy-Jane*, le 18 août 1690, Lewis et Charles cachèrent le Cœur d'Or dans le double couvercle d'un simple coffret en bois avec un document rapidement rédigé par Stewmore, que Charles avait agrémenté d'un portrait de son ami. La lettre de Lewis mentionnait son attachement à la tribu des Narragansetts, sa participation aux combats et une phrase pouvant mener à la découverte de son vrai trésor, soit l'ordre de mission d'Henry VII, caché dans une plaque en argent dans la chapelle de Boston érigée en 1688. Stewmore et O'Fox refermèrent solennellement le couvercle du coffret déposé en lieu sûr. Le lendemain, ils quittaient Boston.

Aujourd'hui, pour tout trésor, les deux hommes n'ont que la clef du coffret, une clef en argent…

Cette clef ornementée qu'ils viennent de cacher dans la tour n'est pas un simple objet. Elle ouvre le coffret des trésors qui symbolisent toutes les luttes que Lewis a menées au cours de sa jeune vie.

Il s'était bien promis de ne jamais s'en séparer en l'honneur de ses amis narragansetts morts au combat. En l'honneur de son compagnon Métacom. Et surtout, en l'honneur de cette magnifique Amérindienne si chère à son cœur, cette brune aux grands yeux verts si sensible et intelligente. Lia, qui lui manque tant…

Pourtant, en ce 21 du mois d'août 1690, cette clef, il lui faut s'en départir. Il faut la mettre à l'abri de toutes les guerres et préserver le trésor pour d'autres que lui, car de terribles périls guettent les deux hommes. Ils en sont fort conscients. Outre les combats féroces qui les attendent aux portes de Québec, de proches batailles menacent leur vie. À bord du *Lucy-Jane*, le bruit court qu'un milicien anglais a reconnu

Lewis Stewmore et qu'il s'apprête à le dénoncer. Et puis, un effroyable corsaire du nom de Gredin, tristement célèbre, hante les eaux de la baie de Penobscot.

Il y a à peine quelques heures, le capitaine du *Lucy-Jane* a eu la bonne idée d'ancrer son navire près de cette île. Charles s'est emparé d'un pot de pharmacie en faïence anglaise blanche et d'une bouteille en grès, il a prétexté auprès de ses soldats la recherche de plantes médicinales pour Lewis, et les deux hommes ont pris l'une des deux chaloupes. Arrivés sur l'île, ils se sont rendus près de la tour qui sert de repère aux marins, le capitaine a enduit la clef du coffret de graisse de baleine et l'a insérée profondément entre les pierres.

Maintenant, Lewis doit écrire un message, un texte à déchiffrer qui mènera à la découverte de cette clef. Un message qu'il faudra rapporter au rivage, loin des dangers.

Mais aujourd'hui, le médecin n'a vraiment pas le cœur à composer.

— Alors, mon ami? demande soudain Charles, sorti de son sommeil.

— Je ne sais pas quoi écrire.

— Voyons cela !

Charles O'Fox s'empare de la feuille au centre de laquelle Stewmore a inscrit la date du jour et griffonné quelques traits semblables à une carte géographique.

— Qu'est-ce donc, parbleu ? s'écrie-t-il en brandissant le papier de sa main encore enduite de graisse de mammifère marin.

— Je te le dis, Charles, je ne sais pas quoi inscrire sur ce parchemin. Je ne me sens pas l'âme à écrire.

— Et cela, qu'est-ce donc ? Une carte ? demande Charles en montrant les traits de plume.

— Je n'ai pas tes talents d'artiste. Le dessin de cette carte ne saurait rivaliser avec le portrait que tu as fait de moi sur cette lettre laissée à Boston.

— Balivernes, l'ami ! Si je suis doué du pinceau, je n'ai pas ton ardeur politique, cette flamme merveilleuse qui te fait porter l'espoir des peuples opprimés, et pour laquelle nous sommes ici tous deux en ce jour !

— Hélas, cette flamme n'a jamais consumé la volonté de conquête de nos gouvernements…

— Peut-être plus que tu ne le penses, Lewis ! Te souviens-tu de ce discours que tu nous fis il y a une année, au lieu même où l'on faillit te pendre ?

— Oui.

— Nous étions des dizaines à t'écouter en silence. Tu parlais d'ambition, de guerres et de consentement des peuples.

— Je m'en souviens bien.

— Eh bien, ce jour-là, tes mots se sont inscrits dans le cœur des hommes, des femmes et des enfants.

— Que Dieu puisse t'entendre…

— Par ta voix, la vérité seule s'exprimait ! Et le souvenir de tes paroles tracera pour tous la voie de la raison ! s'exclame Charles O'Fox avec fierté.

— Je n'ai point de prétention à détenir vérité ni raison, mon ami, répond Lewis. Je ne puis seulement pas supporter que l'ambition ait rempli le monde de tant de désordres et excité tant de batailles… Les gouvernements doivent être fondés sur le consentement du peuple et non sur la force des armes ou les conquêtes ! Ce Cœur d'Or et cette missive du roi Henry que j'ai dérobés dans la cité sont les symboles de conquêtes de pirates ! Je ne puis être d'accord qu'un agresseur se mettant en état de lutte avec autrui puisse gagner ce qu'il a conquis par une injuste guerre.

— Ton combat se poursuivra après la mort, Lewis. Tu es de ceux qui créent la lumière grâce à laquelle d'autres voient.

— Hélas, ces idées ne m'aident point à construire notre énigme.

— Certes, certes. Nous devons nous hâter. La nuit sera bientôt noire et nous devons remonter à bord du *Lucy-Jane*. Qu'avions-nous dit, rappelle-moi? Quels sont les termes de notre message?

— Eh bien, Charles, tu es monté au sommet de la tour. Face à la pierre la plus à l'ouest, tu as compté huit pierres vers le bas puis cinq vers la droite. C'est tout.

— Bon, bon, bon…

— Nous pourrions faire un dessin.

— Ce serait trop facile. Il faut que la phrase choisie demande effort et volonté afin que nul pirate ne se risque à découvrir notre butin. Ce message devra permettre à nos amis de retrouver cette clef, mais n'oublie pas, si nous savons rester en vie, nous seuls viendrons plus tard la récupérer dans cette tour!

— Quelque chose comme *Phare de Penobscot, de la lumière à la terre, des huit aux cinq pierres*. Qu'en dis-tu?

— Excellent! Excellent! s'exclame Charles, impatient.

— Ou plutôt, *Phare de Penobscot, de la lumière à la terre, des huit marches gracieuses aux cinq vers l'est*, rectifie Lewis dont les cheveux blonds dansent dans la brise de l'ouest.

— Parfait, l'ami! Écris!

— Ou bien, *Épouse des vents de Penobscot, de la lumière à la terre, des huit marches gracieuses au V du Levant!*

— C'est cela, c'est cela! Écris-nous cela, Stewmore! Nous ne pouvons nous attarder sur cette île pour quelques mots de plus!

Lewis se hâte d'inscrire la phrase sur la feuille, de sa fine écriture aux arabesques enchevêtrées. Puis il plie le parchemin et le remet à son ami Charles.

— Ce soir, je mandaterai William, mon fidèle compagnon. Nous nous approcherons du rivage, il prendra l'une des deux chaloupes et se chargera de

---

porter ce parchemin à nos amis de Boston. J'ai grande confiance en lui, dit le capitaine en finissant, d'une lampée, l'eau de vie de genièvre contenue dans la bouteille en grès.

Dans la lumière du soir couchant, quittant l'île, la chaloupe s'éloigne en direction du *Lucy-Jane* ancré au large. Ramant en silence, Lewis et Charles regagnent le superbe navire aux voiles blanches.

Les deux amis ignorent le naufrage et la mort qui les guettent près des côtes des Îles-de-la-Madeleine, dans l'Anse aux Sirènes, à l'endroit même où plus de trois siècles plus tard, Laura naviguera sur son petit voilier en cet après-midi ensoleillé du mois d'août.

NOTE DE L'AUTEURE

Ce livre est un roman, mais si quelques lieux géographiques ont été inventés, la plupart d'entre eux sont bien réels, tant les dunes et les lagunes des Îles-de-la-Madeleine au Québec, que la jolie route numéro 1 longeant le littoral atlantique du Maine et les îlots boisés de la baie de Penobscot aux États-Unis.

L'histoire et les personnages de ce livre sont imaginaires. Toutefois, la révolte de 1675 à 1676, qui opposa des colons anglais et des Amérindiens de la Nouvelle-Angleterre, ainsi que la guerre intercoloniale entre la Nouvelle-France et la Nouvelle-Angleterre et le départ de Boston de la flotte de l'amiral Phips en 1690, font partie de l'histoire. Les tribus des Narragansetts, des Nipmucs et des Wanpanoags, de même que le fils de leur chef dont le véritable nom indien était Métacom, Metacomet ou Pometacom, ont bel et bien existé.

Quant à la lettre originale signée par le roi Henry VII et adressée à Jean Cabot et à ses fils, elle est datée de mars 1496 et se trouve à Londres, au Public Record Office.

Table des matières

Les titres de la collection Atout

* Lecture facile   ** Lecture intermédiaire   *** Lecture difficile